她的成长能让您思考，她的成功之道值得您借鉴，她的人生经历，一定会令您震撼！

凤之涅槃

FENGZHI NIEPAN

范家凤 ◎ 著

富脑袋
系列丛书之
3

人民日报出版社

图书在版编目（CIP）数据

凤之涅槃 / 范家凤著. —北京：人民日报出版社，2012.12
ISBN 978-7-5115-1461-5

Ⅰ. ①凤… Ⅱ. ①范… Ⅲ. ①长篇小说－中国－当代
Ⅳ. ① I247.5

中国版本图书馆CIP数据核字（2012）第272169号

书　　名：	凤之涅槃
作　　者：	范家凤
出 版 人：	董　伟
责任编辑：	周海燕
封面设计：	鸿墨文化
出版发行：	人民日报出版社
社　　址：	北京金台西路2号
邮政编码：	100733
发行热线：	（010）65369527　65369846　65369509　65369510
邮购热线：	（010）65369530　65363527
编辑热线：	（010）65369518
网　　址：	www.peopledailypress.com
经　　销：	新华书店
印　　刷：	北京市十月印刷有限公司
开　　本：	710mm×1000mm　　1/16
字　　数：	150千字
印　　张：	13
印　　次：	2013年1月第1版　　2013年1月第1次印刷
书　　号：	ISBN 978-7-5115-1461-5
定　　价：	29.80元

看到这个书名让我眼前一亮,家凤过去这三十年,特别是从事直销后这十年来,真如书名一样,有一个翻天覆地的变化。

这变化不单单是体现在物质生活上,早在五年前做到公司最高级别经销商时,她就已经实现了财务自由,更重要的是家凤这么多年来把事业当作修炼灵魂的道场,把服务大众当做布施、奉献的方式,让自己在心灵上取得了更大的成长。

当年我获得这个改变人生的机会和消息时,第一时间告诉了她,因为在这之前我就已经从她身上看到了一种强烈的成功欲望,也正是这种欲望,让她做事情目标感极强,行动力极强,百折不挠,任何风雨都无法浇灭她心中的梦想。

她二十多岁从事这份事业,一转眼十年过去了。在我落笔为这本书写序的时候,往事如放电影般呈现在眼前,第一次带她去考察直销市场,协助她去福建服务顾客……那一桩桩往事,构成了她人生的一部分，而我和我的这些伙伴们，正是因为直销，没有成为她生命中的过客，而是成了永远的朋友。

没有人的成功是偶然的，也没有人的成功是必然的，家凤也一样。她在成功道路上所付出的劳动和汗水以及所承受的压力、委屈，我未必全部知道，但是这些都不重要，因为成功者都知道，这些是走向成功道路上必经的考验。一个没有信念和承受力的人，很有可能会停止在走向成功的道路上。

这本书我认真地读了几遍，我觉得书中的内容配得上出版社在封面上所给出的评价！

这不单单是一本讲述家凤人生经历的自传体精品，更是一本从事直销的事业宝典，书中字里行间所蕴含的直销智慧，需要反复阅读和体验才能明白！

看到她的第一本书出版，并且是在人民日报出版社这样的中央级大社出版，我表示衷心的祝贺。也希望她在未来的道路上涅槃到更高的人生境界，再创作出新的作品来服务社会！

昌　阳
2013 年 1 月 18 日

目录

第一章 土凤凰——看不到未来的童年时代

第一节 无法弥补的父爱 / 3

第二节 居无定所的童年生活 / 6

第三节 难言的"礼遇" / 12

第四节 扛起责任的"粪筐" / 18

第五节 馒头成了我校园时光的主食 / 22

第六节 他乡遇故人，让我绝处逢生 / 28

第七节 迈过惊心的一步 / 31

第二章 火凤凰——磨难唤醒我无穷的力量

第一节 像"毛遂"一样自荐　　/ 37

第二节 机会总是留给敢于争取的人　　/ 41

第三节 是金子，放到哪里都发光 / 48

第四节 长得可以不漂亮，人生不能不漂亮　　/ 54

第五节 独辟蹊径，不走寻常路 / 60

第六节 福永诞生"火凤凰" / 66

第七节 "火凤凰"展翅高飞 / 70

第三章 金凤凰——直销是修炼灵魂的道场

第一节 当创业成为一股风暴，我该怎么选择 / 79

第二节　宁可清醒地放弃，也不能糊涂地错过　/　86

第三节　创业总要交"学费"　　　　/　101

第四节　跌入人生的谷底　/　107

第五节　直面问题，跨过创业的"沼泽地"　/　116

第六节　真心、耐心、用心的面对每一个顾客　/　126

第七节　和谐美满的婚姻是事业做大的保障　/　142

第八节　坚定不移的信念是成功者必备的品质　/　157

第九节　有博大的胸怀才能有博大的事业　/　169

第十节　用文化提升自己的灵魂　/　177

附录　我的人生信条与格言

第一章

土凤凰——
看不到未来的童年时代

第一章
土凤凰——看不到未来的童年时代

第一节 无法弥补的父爱

有人说母爱如水,父爱如山;母爱是涓涓小溪,父爱则是滚滚流云;父亲的爱,就像大山一样,高大而坚定;父亲的爱,每一点、每一滴都值得我们细细品味。

但对我来说,我只懂得母爱的温柔,却不懂父爱的厚重;我只体会过母爱的温暖,却没有感受过父亲宽厚的臂膀……

父爱是我今生最大的奢望和永远实现不了的梦;父爱对我来说是今生永远无法体会到的感受;父爱对我来说是今生再也捡不起的遗憾……

在我一岁那年,父亲便离开人世,离开了最需要他的我们。

在我长大后,从家人的口中、父亲同事的口中、他学生的口中对父亲有了一些了解:

他是一名和蔼有爱心的教师,他的学生也像喜欢《我的父亲母亲》电影里的老师一样喜欢他;他的书法写得很好,经常帮助别人写对联;他的乒乓球打得很好,曾获得市里乒乓球比赛第二名……他是个受人爱戴,受人尊敬的人。

在那个年代,妈妈以卑微的身份,成就了那段婚姻。作为爸爸的结发妻子,妈妈很小就被套上了命运的枷锁——以童养媳的身份被外婆送到奶奶家。

在老一辈人眼里,好媳妇是"管制"出来的。7岁开始我妈妈就要洗衣服、砍柴、拔草(当时农村人养兔子,靠兔毛赚些油盐钱)。一次拔草回来的时候,奶奶不满意妈妈拔的草,就走上前问妈妈:"你拔的是什么草?"妈妈有些疑惑的正要回答,一把稻草已经塞进她张开的嘴里,反复塞了几次,直到她流出委屈和愤怒的泪。

类似这种经历,在妈妈做童养媳的时候没少发生,没有人在意过妈妈的感受,更没有人愿意去理解她,这份莫名的苦一直煎熬着妈妈柔弱的心。

第一章
土凤凰——看不到未来的童年时代

爸爸去世后,妈妈又多了另外一个身份:寡妇。

那年她25岁,却要承受着寡妇的名头,并且被乡亲们扣上克夫的帽子,在伤心欲绝的日子里,还要承受奶奶以克夫的名义逐出家门,独自带着我的两个哥哥和我一起乞讨生活……

面对这一切,妈妈只能默默承受,从不吭声……这其中的酸楚也只有她自己背负。

关于父亲的回忆太长,也太痛,风烛残年的奶奶经不起丧子之痛,悲痛之下烧掉了父亲为数不多的照片,让我至今也不知道父亲的容貌。

那时的幸福对我来说,就是梦想能拉着父亲的衣角,跟着父亲在阳光下走一走,可以笑着让别人知道我是有父亲的小孩。

第二节 居无定所的童年生活

在福建省寿宁,有一个叫石竹湾的地方,那里错落分布着十几户人家,我家就是其中一户。

在我的记忆里,我们那个山村除了石头就是竹子,从村里到镇上要走一个上午的山路。

后来,我母亲被迫离开了那个村庄,带着三个孩子到一个叫洋边的地方帮人采茶,再后来靠承包贫瘠的茶园度日。

生活的重担全部压在了妈妈瘦弱的肩膀上,让人不敢想,接下去该如何坚持;让人不敢看,下一刻会不会被压弯……

第一章
土凤凰——看不到未来的童年时代

妈妈当时唯一的念头就是把我们养活，唯一的奢望就是让我们有书读，离开这座大山。

尽管我当时还小，但是我能读懂妈妈，她是在和命运较劲，她是为争一口气。妈妈虽然不识几个字，但在她悲剧性的人生里，她有做人的尊严，她有一种精神叫"不认命"。

  妈妈当时承包几十亩偏远贫瘠的茶园（就近的、肥沃土地的茶园是轮不到我们承包的），在我的印象里，她总有干不完的活儿，她自己要采茶，又要给短工做饭，还要把短工所摘的茶装上板车，在天黑之前走十几里山路送到镇上，有时候一趟运不完，要赶在天黑之前再返回茶山运输剩余的茶叶。一辆板车上装着四五百斤的茶叶，在崎岖的山路上，只能看到板车在艰难前行，却看不到拉车人的背影，这幅画面一直藏在我内心深处，让我不敢去回忆。

  三个孩子的学费以及生活费，对于妈妈来说，绝对是一笔巨款。如果没有妈妈日复一日的劳作，或许我们兄妹三人都没法活到今天，或许我们兄妹三人早就成了别人家的领养儿。

  那时候我们的命值不值钱，不是我们说了算，而是茶叶说了算，茶叶价钱走高，我们就跟着增值；茶叶价钱走低，我们就跟着贬值。茶叶就是一家人的命根子，为防止茶叶被偷走，我们的房子必须搭建在茶山上。有时我们独自一家居住在空旷的山顶，和散落山间的坟墓为邻。每当夜晚来临的时候，山里都静得可怕，哪怕在明亮的月光下任何一点风吹草动，都让我非常的害怕。

  拿栽种茶树来说，不用土地时就不去施肥，茶园的地就曾因承包者"杀

第一章
土凤凰——看不到未来的童年时代

鸡取卵"的举动而荒废。为了避免这种情况继续发生，承包者被规定每二至四年抽签换一次地，抽到哪里就住到哪里，这就是我动荡生活的起点。

后来，两个哥哥在学校寄读，妈妈为了赶茶叶，天亮就要出去到晚上才能回家，只剩下我孤零零地没人带，一起去山上又影响妈妈的劳作，不得已就把我反锁在房间里。

临走时妈妈会在房间里放一碗白米饭，我饿了就去抓一点吃，旁边留一个盆子用来上厕所，吃喝拉撒全部在房间内完成。

邻家那些小孩知道只有我一个人在房间里，他们经常故意在我的门外敲敲打打，装神弄鬼吓唬我，我只能躲在棉被里不敢出声，不敢往外看，不敢大声抽泣。

到晚上妈妈回来掀开被子找到我时，总是把手指放到我的鼻子下面探一下，看看我有没有断气，看到我浑身湿透，分不清楚是汗还是泪时，妈妈的眼泪"唰"的一下就流了出来，她抱起我，我仿佛听见她的心声：妈妈何苦要把你生下来。

　　福建的台风多,每次收到台风即将到来的消息,我们都要躲到山下,祈祷这次的台风能给我家留下点"家当",但每次台风过后,我们回到山顶的住处,看到的都是搭房子用的木架、茅草、塑料布和吃饭用的锅、碗、瓢、盆散落在山里的各个角落,在重新修"房子"的时间里,我们住过好心人给我们打扫的"猪棚",住过尼姑庵,住过公共茶厂的旧仓库,还住过别人家的地窖……因为住过尼姑庵,后来的同学们都给我起了个外号:小尼姑。

第一章
土凤凰——看不到未来的童年时代

  从我记事起，我们就一直在搬家，今年搬这里，明年搬那里，在我的记忆中总共搬家不少于20次。对我来说，家已经没有固定的概念，它变成了流动的符号，似乎自己就是为漂泊而生，就像蒲公英的种子，落在哪里就在哪里成长。

  还记得有一年，那次又刮台风又发洪水，镇上那条小溪两边的房子全部被淹了。当时我们一家人都不在一起，在风雨里两个哥哥哭着找妈妈，妈妈哭着找我，而我们都淹没在混乱的人流里，彼此都不知道对方是死是活，并且时不时传来洪水冲走了一个男孩，洪水冲走了一个妇女，洪水冲走了一个女孩的消息，当听到这样的消息时，我们的心都万分着急，非常担心那个被洪水冲走的人是我的家人……

  洪水过后，我们各自四处寻找家人，在好心村民的帮助下，我们在三天后相聚了，相互仔细打量一番，确认没有受伤后，一家人紧紧抱在一起，撕心裂肺地哭了好久，那一刻，再没有哪种力量可以把我们拆散。

  那时的幸福对我来说，就是能有一处固定的住所，安稳地度过每一个夜晚。

第三节 难言的"礼遇"

天真烂漫，童思无暇应该是每个孩子童年生活的美好回忆。对于一个成长中的孩子来说，礼仪和规矩显得有些牵强。

我五六岁那年，妈妈带我去吃酒席，全桌10个人，只有我一个小孩子（我是站在妈妈身旁）。平时难得吃到这么丰盛的饭菜，等到一盘鸡肉端上来时，没等周围人的目光转到菜盘上，我已经伸手将鸡腿送进了自己的嘴里。

这一举动让同桌吃饭的其他人很不满，各种夹枪带棒的话语冲着我和妈妈而来："穷就是不一样"，"好像从来没吃过肉一样"，"这跟监狱里放出来有什么不一样"，"简直是个饿死鬼"……听到这些话，让我嚼在嘴里的鸡肉咽也不是，吐也不是，好长时间不知道该怎么办。妈妈听到

第一章
土凤凰——看不到未来的童年时代

这样的话，一时间僵在那里，不知道该用什么表情来面对当时的情景，几秒钟后，便用手轻轻地在我背上抚拍了几下……

吃酒席这件事，很快就有了第二个版本，场景相同，唯独变化的是，坐在我身边的不是妈妈，而是换成了家境很好的舅妈。

她同大家介绍,"这个是我的女儿,大家说漂不漂亮啊?"

"你女儿真漂亮,白白净净,一看就有福气。"马上有人响应说。

接下去的时间我经历了一生中最难忘的一幕:在大家乐此不疲地赞美我时,那盘曾让妈妈无地自容的鸡肉端了上来,有了第一次的经验,按理说应该长些记性才对,但是我第一时间又重复了上一次伸手抓鸡腿的动作,在这个动作后,我就后悔了,怕上一次的一幕再次上演,但是这回饭桌上的气氛没有凝固,反而出奇的活跃。

"你的女儿就是聪明伶俐,一上来就知道选鸡腿吃,这长大了一定是有福的人。"有人这样说。有人补充道:"这孩子的吃相就是有福气的相。"还有人说:"你们看她的耳垂比别人大一点点,果然有福气啊!"

同一件事,同样发生在我身上,在不同"妈妈"的呵护下,受到的"礼遇"却截然不同,儿时的我始终没有彻底搞清楚为什么。后来陆陆续续又发生了许多事,让我似乎找到了答案:我是穷人家的孩子。

和二哥上街的途中,刚好碰到一个小孩摔倒在路边,二哥急忙过去扶,就是这样一个惯性的动作,招来了一场侮辱。

第一章
土凤凰——看不到未来的童年时代

"你看你们这个穷人家的孩子,走路怎么不长眼睛,看把我的小孩伤成什么样了,你们赔得起吗?"小孩妈妈看到后厉声呵斥着,她随后抢过孩子,用力把二哥推出很远。

我很是气不过,心想二哥为什么不解释,实际上二哥比我更清楚,贫穷无法解释,发生什么都合情合理。望着远走的母子俩,二哥和我无言地站在原地,为什么这些人总是欺负我们,为什么……

村里来了放映队,我和二哥正准备搬着板凳出发去看电影,隔壁一个五岁的小孩非要跟着去,但他妈妈不允许,他便开始哭闹起来。哥哥为了配合那位母亲,善意地劝解小孩,告诉他晚上有长牙齿、长舌头的妖怪抓人,于是小孩跟着妈妈回了家。

第二天,我和哥哥被升级为"没教养"的典型,我们的善意成了抓在乡亲们手中的"小辫子",整个茶场十三户人家开始宣传我们兄妹的心肝坏了,说我哥哥心眼极差,故意用鬼怪来吓唬别人的小孩,要大家注意自己的小孩,不要被这些没教养的害了……

在我的小学生活中,交学费这个环节,无疑成了我永远跨不过的一道坎,因为我的学费每一次都是最后交。通常情况下,开学几个星期后,妈

妈才能将学费凑齐，交清。这期间，我就成了班主任重点"关照"的对象，成了全班同学打趣的焦点人物。

一到上班主任的课之前，我的内心就开始忐忑不安，脚变成千斤重很难挪进教室，很想找一个地洞钻进去，或者临时换掉"范家凤"这个名字，再或者自己变成一个"透明人"，目的只有一个：没人看得见我，但我还可以听老师讲课。

"范家凤你的学费什么时候交，要是再不交就站在最后面去听课。"每次听到班主任的厉声呵斥，我都心如刀绞，全班同学只有我一个人站在最后面听课，当时一堂课下来，根本没有心思听老师讲任何内容，只有自己内心在不停的交战。

要是我坐在前排不用被老师当众催学费该多好！

要是茶叶能卖个好价钱该多好！

要是我有爸爸该多好！

……

第一章
土凤凰——看不到未来的童年时代

也或者妈妈不该把我生下来!

我们受过很多类似的"礼遇",经历过许多别人不愿经历的事,因此我们也有了不同的生命感悟,而这一切都源于我们是穷人家的孩子。

第四节 扛起责任的"粪筐"

我永远记得那次擦肩，万千好感，一眨眼灰飞烟灭。

那一年，二哥已经考上了南京大学国际金融系，大哥已经师大毕业，在我们寿宁四中成为了一名教师，而我作为一名初二学生，当时也初长成一个青涩少女。

当时做教师的大哥分得一块校园种菜的土地，这成了全家人的一块心头宝。这时我们家租别人的房子住，妈妈借来房东的粪桶，要到校园基地浇菜，途中要经过一条两公里的镇上主街，然后经过学校的操场，才能到达校园基地。

第一章
土凤凰——看不到未来的童年时代

有一次,刚浇完菜,妈妈就犯了胆道蛔虫肚子痛,于是叮嘱我们三个把粪桶挑回去,随后一个人朝着医院赶去。看着个头超大,又脏又臭的粪桶,三个人对视着……

我们的脑海中经过筛选:大哥是学校的老师,如果大哥挑粪桶,让他的学生看到了是什么感受,大哥不能挑粪桶;二哥是名牌大学的学生,也是寿宁四中的骄傲,不能让他在这里挑粪桶;我不想让他们俩挑粪桶,但是,我也不能挑粪桶。

在那个情窦初开的年龄,最喜欢做梦的年纪,最渴望美丽的日子里,何况我是班长,何况我心里住着一个他。

一边是价值五十元一个的粪桶,如果不挑回去就要赔给房东五十元,当时五十元对于家里人来说是不小的一笔钱。一边是镇上家庭条件最好,拥有林志颖一样长相的心上人。经过痛苦的思考,毅然挑起了粪桶,其他人看见没关系,千万不要让他看见。

我挑着粪桶颠簸着前行,边走心里边想,不要碰到他、不要碰到他,千万不要……

走过操场,迎面遇到一些教我的老师,他们眼神中带着问号,一个小姑娘怎么挑着粪桶,面对疑问,我昂首微笑,快速地招呼"老师好",没有一丝尴尬,继续向前。

而人生往往很荒诞,比如你盼什么没什么,你怕什么就来什么。走在只能两人擦肩而过的校园小道上,看到一个熟悉的身影从对面走来,突然脸变得发烫,脑袋也一下子像胀大了一样,一片空白,挑着粪桶走也不是,扔掉粪桶也不是,一时不知道该怎么办了。

第一章
土凤凰——看不到未来的童年时代

就在他走到跟前时，突然我意识到，抬起头来就对了，而那个男生像一缕烟一样飘了过去，目光根本没有落向我的方位。彼此没有招呼，我的目光也没有落向他。从那以后，我们再也没说过一句话。

擦肩过后的失落，让我知道，人一定要富有，没有财富连"美梦"都不敢做。

第五节 馒头成了我校园时光的主食

那一年报志愿的时候,一个事关未来命运的决定让我犹豫不决,一边是自己喜欢的艺术院校,但是学费要7000元一个学期,另一边是低学费,但是却不是自己喜欢的院校,到底该怎么选?

在梦想与现实面前,我还是向现实低下了头,非常不情愿地选择了南方冶金学院,仅仅是因为它的学费比较低。

随着两个哥哥工作有了着落,妈妈在茶厂又可以靠茶叶为生,此时三个人按月轮流给我邮寄几百元生活费,可以说从此生活宽松了很多。但过去为了交学费,母亲奔波求人借钱那种艰难的场景时刻印在我的心里,并提醒着我:"不能乱花钱"。把他们邮寄给我的钱存在龙卡里,让我感觉

第一章
土凤凰——看不到未来的童年时代

到非常的踏实和温暖,但是如果去食堂吃饭花掉一两元,会感觉心痛和不安。为了节约每顿饭的一两元钱,我每天去食堂买八个馒头,用大碗盖起来,那就是我一天的口粮。

早上吃掉两个馒头。每当中午的时候,都是大家合餐的时间,室友们你买土豆丝,她买青菜,三五个人的菜凑在一起,就是一顿"丰盛"的午

餐。而上学的这几年,我几乎很少参加宿舍的合餐活动,因为我的口粮只有馒头,没有菜,不愿意被人笑话,所以总是谎称洗衣服,避开同学们的公共午餐时间,觅得空闲,拉好蚊帐,躲在床上吃三个馒头,喝几口开水。余下三个照搬复制,成了我的晚餐。

室友们感觉我很怪异,不合群,每当吃饭的时候,总是去洗衣服或者是干别的,但是只有我自己知道是怎么回事。

这样吃弊病很大,比如每到冬季,气候变了,到了中午和晚上就变得硬邦邦,在校园的几个冬季,我依然也是以馒头为口粮。

这样吃的唯一好处就是自己龙卡里的钱越来越多,我的内心也越来越踏实。

为了让自己龙卡里的钱变得更多,同时也积累一些社会活动经验,我开始做起了"小生意",比如到其他学校卖纸巾、卖牙刷、牙膏等日常生活用品。此外,将我们学校的杂志卖到华东交通大学等其他院校;把其他院校的书籍、杂志又拿到我们学校去卖。

在校园中,我实现了财富的原始积累,直到2000年大学毕业时,身

第一章
土凤凰——看不到未来的童年时代

上已有现款5000元,看着自己这张龙卡,从小到大第一次感觉到自己是个"有钱人",有钱的感觉真好。

现在想想,如果时光能退回去,再来一次,我不会像当初那样折腾自己,一个人在长身体时选择长时间节食,对身体造成的伤害永远没法用钱弥补。

我的实习工资低的可怜,每月只有三百元。在我上初中的时候,就经常听说村里有两个年轻人(也是我大哥的同学)在深圳发展的很好,成为了我们村里年轻人的榜样。很显然,按照我当时的工资收入很难成为像他们那样的人。凭借着对财富追求的渴望,一个更为大胆的计划诞生了……毕业后,我没有选择回福建老家,听说同学张敏的姐姐在东莞一家灯泡厂工作,仰仗着这层"关系",我和张敏决定去广东挣钱。

我身上揣着5000元,当时我就想,这5000元就是我未来成为富人的资本,我要拿着5000元钱翻身起家。

在去广东之前,我把钱都取了出来,装进了背包,我们提着两个行李箱,买好车票,凭借着一个电话号码和张敏姐姐的工厂名字便激情澎湃地踏上了南下的火车,一路上想象发财后的各种美好景象,自己赚钱为家里盖了一栋楼房,开了一部小车,赚足了面子……

即使转车去樟木头的公交车上异常拥挤,一路颠簸,也丝毫没有打扰到我的发财梦!

车到站之后,张敏准备打电话给她姐姐,我顺便用手去摸 BB 机(BB 机当时也叫传呼机,是用来接收信息的,不能打电话。那时只有大哥大手机,有钱的老板才使用),BB 机已经尸首分离,只剩下一条铁链子,完蛋了,东西被小偷偷了。我对张敏大声说:"张敏,赶紧看背包里的钱。"这一看坏了,张敏的背包被割了,钱没了。我赶紧把自己的背包挪到前面来,天呐,拉链开着,伸手到背包里面摸一下,心顿时沉了,钱不见了。

激情澎湃的心一下被打到了万丈冰窟!

此时,展现在我眼前的全是大学期间艰辛的影子,万万没想到,吃了三年馒头,攒下的 5000 块钱,最终却是这样的结局,那一刻,满脑子都是我躲在蚊帐里吃馒头的景象。

之后,我们被黑摩的师傅宰客,被门卫保安搜包,被伪善大姐拉进传销组织……经历了一系列乱闯乱撞,"越狱"脱险,还是没有找到张敏姐姐,后来张敏从衣角里抠出"幸存"的 100 块钱,塞给我 50 块,她一定

第一章
土凤凰——看不到未来的童年时代

要找到姐姐,我坚持要立刻找到工作,所以我们分开了。手里攥着仅有的50块钱,夹在熙来攘往的人群里,不知道该去哪里……

第六节 他乡遇故人，让我绝处逢生

不知道是童年经历，还是遗传母亲的个性，我从不轻易开口求人，哪怕是自己的家人。50 块钱是买不到回家的车票的，今晚去哪里？在街角的电话亭，我矗立良久，即便是打通了哥哥的电话，也是远水解不了近渴，我还是免不了今晚要在街角或桥底坐一宿。但是，之前至少有张敏在，两人还相互壮个胆，今晚就剩自己了。犹豫良久，我拨通了哥哥的电话，诉说了我这几天的遭遇，没曾想，哥哥竟然联系上了他的两位老同学，也就是在深圳事业有成的龚哥哥和吴哥哥。

我就跟着这两位哥哥，来到了他们在深圳宝安的家。进门那一刹那，我仿佛从地面升入云端，自己不敢下脚走进去，怕鞋子踩脏地板。伴着新奇、胆怯，我终于在这个陌生的城市找到了落脚点。

第一章
土凤凰——看不到未来的童年时代

露天广场上灯火辉煌，以往在电视里才看到的美丽景色，我如今却置身其中。人生中第一次在海滨市场吃饭，伴着袭袭凉风的爱抚，到达宝安当晚的那桌盛宴，幸福的让我有眩晕感。梦里不知身是客，一晌贪欢。做有钱人真是太好了！有钱人是这样生活的，顷刻间感叹号种满了我的心田。悠闲自得加上美食美景，对比流离失所加残羹剩汤，舟车劳顿，颠沛流离的委屈抛在了脑后，让我顷刻间得到了一丝安慰……

　　一天、两天、三天……投出的简历还没有得到消息。第六天吴哥哥问我工作找到没有,其实他是一如既往地关心我,而正是这一句关心的话,让我当时很难正确理解,我觉得是给他们添了麻烦。

　　即使没工作也不能让人怀疑自己没能力,即使露宿街头也不能让人瞧不起。宁愿昂首游荡街头,也不愿低头寄人篱下,哥哥善意的问话引爆了我体内极度敏感的定时炸弹。

　　本想告诉哥哥,我没找到工作,但这种指令被自尊心筛选后,迅速被屏蔽掉了。本没有找到工作的我却用了已经找到工作,并且明天就可以上班的话回答哥哥。如今想想,是敏感、自卑的心辜负了哥哥们的好意,真是不应该。

　　那天晚上,我一夜没有合眼,第二天早上收拾好东西,向两个哥哥打好招呼,感谢过他们就离开了。口袋里装着龚哥哥给的五百块钱和一个BB机(这个BB机保存至今),毅然踏上了一个全然未知的征途。

第一章
土凤凰——看不到未来的童年时代

第七节 迈过惊心的一步

离开两个哥哥温暖的家,第二天我回到了人才市场,准备去找前几天认识的徐经理。

得知我有住房需要时,徐经理给我介绍了一套三房两厅的房子,价钱只要先交150元,等找到工作再给200元。心里顿生一股暖流,觉得社会上还是好人多,终于有了一个栖身之地。

徐经理把钥匙交给我离开后,我把包随便一丢,然后跑到床上、沙发上蹦跳个不停,真是太舒服了,竟然有机会住上这样的房子。

亢奋之余,我手头攥着剩下的三百五十元,又开始紧锣密鼓地找起了

工作。独自住着三室两厅，每天早出晚归，看上去极像一名专业人士，的确如此，我的专职就是找工作。有一天我找工作回来比较早，在小区的花园里，听到了一条爆炸性新闻……

从小区花园阿姨嘴里得知一个消息：503前段时间吊死过一个人。哇……我的房间吊死了一个人，一下子惊呆了。

徐经理、徐经理，还是徐经理，这个名字如病毒一样蛀蚀着我的心，当时恨不得马上杀掉他。天越来越黑了，东西都在楼上，要不要上去拿？

上去还是不上去，不上去我楼上的行李怎么办？今晚住哪里？能去哪里？小区花园里的人越来越少，天越来越黑，到底是否要上去，不停地问自己，迷迷糊糊回到了房间，打开所有的灯，但我似乎依然感到一股阴森的寒气，似乎看到各处都是恐怖的画面……我已经忘记当时是怎么爬到楼上，也忘记了那晚是怎么度过的，只知道天蒙蒙亮，我就拿着行李离开了那套房子……

前一天我就应聘了兰海电子厂的文员职务，当我拿着行李去报道的时候，天公不作美，用一场倾盆大雨刻意地提示我，什么叫祸不单行。

第一章
土凤凰——看不到未来的童年时代

到了电子厂，保安看到我落汤鸡的样子，不准我进入大门。后来面试我的经理从门口经过，我才得以进门。

进入工厂后，来之不易的工作让我非常勤奋，不但干好本职工作，还去学习其他岗位的技能。

例如如何焊接，如何插件，如何做拉长，如何做管理……因为从前的经历告诉我，要想让自己有饭吃，就要做到能胜任任何岗位，哪怕有一天离开这个工厂，我也很快能找到一份更好的工作，因为我很担心再次回到之前流浪式的生活里。

努力的工作，踏实的工作态度换来上苍的恩惠，让我遇到了人生中的伯乐王董事长，他觉得我工作努力、认真，于是提拔我为董事长助理。

这个职位时常要在外应酬，无形中扩大了我的人脉圈，让我认识了很多老板，很快我便开始对这部分资源进行了整合。比如这间工厂生产电子线路板，另一间工厂是生产电线插头，如果这两间工厂彼此有需要，我就像红娘一样从中牵线搭桥，然后拿提成，这种职业叫炒单。

游走在这样的环境里，攀比、好胜的心无声滋养起来，一份职业收入

已满足不了我当时的胃口，我也要有自己的生意，我也要做老板！拿着炒单赚到的钱，和开发部文员周春很快在西乡码头开了一间简易的餐厅。

平时在公司上班，一有时间就往餐厅跑。洗盘子、洗碗、写菜单、端菜、抹桌子、扫地……风风火火干了一段日子，除去开支，好像也没有赚到什么钱，反而把自己整的人困马乏，赚到一身的疲惫。

辛苦支撑了6个月后就关门了，看来，创业仅靠一腔热情是不够的。

后来，我做过人才市场的业务，也做过期货经纪人，还卖过货架……就这样不停的折腾，也不知道做什么能改变命运？

时常陷入迷茫之中……

第二章 Chapter2

火凤凰——
磨难唤醒我无穷的力量

第二章
火凤凰——磨难唤醒我无穷的力量

第一节 像"毛遂"一样自荐

报纸上面写着：汉永实业有限公司，招聘汽车修理工，洗车工，健身教练……这则消息引起了我的关注，健身教练是怎么工作的？我拿着报纸就出门了。

下了公交，换乘一辆摩托车，不一会儿便抵达了康美仕（汉永集团公司的子公司）。抬头一看，一双大脚的图片高高悬挂着，赫然映入眼底，那正是公司的招牌。我的心顿时凉了半截，怎么是洗脚城？这不是黄色场所吗？

在农村守旧的思想中，对于洗脚城的定义等同于特殊行业。当时我很生气，以至于没向康美仕迈进半步，就果断地选择了离开。

"你们公司怎么搞的,挂羊头卖狗肉啊。"回到深圳市内,我就拨通了康美仕公司的电话,一通责骂。

"你是谁啊?怎么回事啊?怎么这么凶啊?"接电话的办公室主任张女士语气明显带着惊讶。

"我去你们公司看过了,你们公司不是招洗车工吗?不是招教练吗?怎么到你们公司门口一看是洗脚啊?你们公司怎么搞黄色服务啊?"我不停地向对方"亮红灯"抗议,并且说要举报他们。

后面经过张女士耐心地解释,我觉得张女士讲的有几分道理,以她的耐心和素质,应该不会在一个乱七八糟的公司上班,我理性的防线开始产生松动,觉得不能拿无知当个性,或许是我不了解情况,找一份工作也不容易,调整了一下心态,第二天我真正走进了康美仕。

面对来接待我的张女士,我首先提出要去里面看看到底在做什么,心想一定要查个水落石出,她一边告诉我不要误会,一边开始带着我参观。参观后,才知道康美仕健身会所是集美容、美发、健身、游泳、跆拳道、乒乓球馆等于一体的综合休闲会所。

第二章
火凤凰——磨难唤醒我无穷的力量

我有点不敢相信自己的眼睛,我平生第一次见到这么豪华的俱乐部。如果能在这里工作该多好啊!

张女士见我消除了疑虑,便马上导入正题,谈起了工作事宜。她说你来应聘教练,就展示一下。

我毫不犹豫的在体操房横劈、竖劈、压腿、打北京长拳,使出浑身解数,只要是和健身有关的能力,我全部展现出来,本以为自己表现得很好,没

想到张女士一脸错愕,说了一句你会跳健美操吗?我很惊讶,难道我跳的不是健美操吗?很显然,我根本不知道什么是健美操,但是我为了留在这个公司上班,接受了"数钞元"(汉永公司旗下有车队、有康美仕等子公司,车队每天收到大量零碎钞票,需要人清点。)的工作。

虽然没有应聘到教练的岗位,但能进入汉永实业有限公司对当时的我也是难能可贵。——先留下来,再伺机去康美仕。月薪六百,包吃包住。

我一定要去康美仕工作,目前这个岗位只是我暂时停留的地方。我在汉永汽车队做"数钞元"已接近一周,老话说自己动手丰衣足食,我不能静等康美仕来青睐我,我要主动创造机会,主动亲近康美仕。

机会永远只会留给积极主动,勇于争取,敢于争取的人。

第二章
火凤凰——磨难唤醒我无穷的力量

第二节 机会总是留给敢于争取的人

为了能调到康美仕工作，我创造性地提出了一个想法，给张女士做助理，但是张主任告诉我，只有老板才有助理，自己不能有助理。但是我不能就此停止自己进入康美仕的愿望，我给张主任分析：你看你好忙的，又是办公室主任，又要管汽车美容部，又要筹备康美仕的开张，又要招聘那么多员工，又要培训那么多员工……你就跟老板申请一下，我做你助理吧。

这样一席话好像说到她心里去了，让她产生了反应，张主任真的写了一份申请给老板，但是老板却迟迟没有给出回复。

机会永远只给主动的人，所以我决定再次主动出击。以我当时的工种和到公司工作时间的长短，老板是不会找我谈话的，为了争取到和老板谈

话的机会，我主动请缨，敲开了老板办公室的门。

"我对这个健身会所很感兴趣，我想帮助张主任把这个健身会所的生意经营好。"我单刀直入。

"你之前做过没有？"文老板问。"我没做过，但是我会做好。"简单的两句对话后，文老板思忖起来，没有再说什么。

第二章
火凤凰——磨难唤醒我无穷的力量

"要不我写一份《健身会所开业前的可行性分析报告》给您,您看一下再决定要不要我做张主任的助理?"

一个是初出茅庐的黄毛丫头,一个是当地颇有影响力的人,悬殊可以说极大,但对话内容却是大刀阔斧,没有半点滞涩的感觉。倘若当时我知道他是那么有影响力,是那么成功的企业家,或许会有胆怯,或许会表意不清;倘若文老板真把我当黄毛丫头,或许会对我产生质疑,或许会觉得我初出茅庐自命清高。

我的建议得到文老板默许后,一溜烟地跑到了深圳市,目的只有一个:考察健身会所。

我如同一个掘金者,从来没有接触过健身这个行业,为了这份工作,居然把深圳所有有名的大型健身会所打探了一遍,包括金美洲、金朝阳、成长风、中航等健身会所。考察的范围涵盖开业广告如何宣传;营业后采取何种缴费模式;年卡、季卡、月卡怎样计算;需要哪些健身器材;员工工资如何合理发放等。大到公司整体架构,比如经理管哪个部门,外务、内务负责什么工作。小到局部细节,比如该招哪些员工,招多少教练,教练是常驻还是流动,内部服务人员和外部业务员如何分工……我全部罗列了出来。

　　这一趟考察仿佛是去西天取经之旅，途中需要攻克九九八十一难，方可修成正果。比如工资发放额度就是很难摆平的一个"妖怪"，这属于公司运营的核心秘密，不能公开。于是，我做起了"卧底"，应聘其他会所设置的各个岗位，直到把薪水发放情况掌握的一清二楚，而支撑我这么做的只有一个信念：主动出击，获得信任，要做张主任的助理。

　　施展出十八般武艺，穷尽我之前所有职场经验，金子一般的信息终于握在手上，这份十多页的报告更像是某个门派的武功绝学，得到了便可笑傲江湖。而透过张主任充满欣喜的眼神，不难得出答案，这是一份开设健身会所的"小百科"，谁拿到谁就可以事半功倍。文老板的一句话也间接验证了她的判断，以及这份报告的价值性，"很好，这份报告是这个小姑娘做出来的吗？"

　　这份报告换来了老板再一次和我的谈话，并且这次是他找我的。谈话结束后，他对张主任讲："那就让这个女孩协助你筹备康美仕的相关工作吧。"

　　从最初的起起伏伏，到数钞近一周时间的"职场灰姑娘"，再到成为主任助理时的"职场丽人"，只有短短几个月时间，接下去我能创造什么？那时想必没有人知道答案。

第二章
火凤凰——磨难唤醒我无穷的力量

当时六点钟下班,但是我在没有加班费的情况下,主动加班,把办公室主任所有的工作尽快熟悉。

工资没有明显涨幅,视野却在无形中越来越宽,接踵而至的是我又一轮新方案。

作为一个大公司的部门助理,如果能配置现代化设备,比如手机,不仅在形象上相得益彰,工作效率也会得到实质提升。可2001年时的一部手机最低价也要1300元,而我的薪水只有700元,不吃不喝要攒两个月,很显然,想获得手机按常规方法是需要时间的。

为了尽快得到一部手机,跳过张主任的管辖,我又一次做出了破格的举动。很快,我和老板娘(当时公司的财务总监)进行了一次谈话,内容大体是:为了提高工作效率,范家凤可否提前用公司的钱买手机。

通过这次谈话,老板娘对我刮目相看,她说这个小姑娘蛮有思想,视野开阔,进取心强,值得培养,我就这样如愿拿到了手机。

思路越多,出路越多。

思路越多，出路越多。创造机会加入汉永实业有限公司，创造机会成为办公室主任助理，创造机会购买手机，这一切都来源于敢想，以及勇于自我争取，没有一项来自别人的施舍。一路走来，很多人觉得我与众不同，其实只有一点不同：**很多人一直在等待机会，我却努力创造机会。**

很多人一直在等待机会，我却努力创造机会。

过了一段时间，汉永公司有意愿提拔在岗人员做高层管理。恰好，我又收到一个职业经理人培训班的通知，学费一期2900元，满三期合格。于是，我如法炮制，粘贴了之前的方案。

在文老板的办公室内，我将自己的计划全盘托出：我想提前用公司的钱学习，获得资质认证后，与公司签合同，打工两年。文老板慧眼独到，他竟然愿意用公司的钱为我出一半费用，另一半费用拿我未来的工资按月抵扣。

无巧不成书，当我日益精进时，张主任正悄悄地陷入一场意外事件，最后她选择了离职。

第二章
火凤凰——磨难唤醒我无穷的力量

办公室主任的职位不能空，我顺理成章地顶了上去。如此大一个公司的办公室主任，的确了不得，在外人眼里我是凭借运气，实际上机会永远留给有准备的人，不在主任职位上时，我已具备了主任的能力。

第三节 是金子，放到哪里都发光

能力和职位的直线飙升证明了那句话：有条件要上，没有条件创造条件也要上。凭借当时一颗不安分的心，通过不断的努力，我的薪水从700升到1700。不过，在其他员工心里，我年龄小、资历浅、提升快，一时间，我又成了众矢之的。对于一路飙升的我，当时的确有飘飘然的感觉，开始不把别人放在眼里……财务部经理，各部门主管，以及普通员工投诉我。

我虽然坐在主任办公室里工作，但办公室主任的名头并没有公开加冕给我，只是把主任工作的工资加给我。而公司内部的讨伐声一波未平一波又起。

有一次，文老板收到十几封投诉信，他是这样答复的，"范家凤的工

第二章
火凤凰——磨难唤醒我无穷的力量

作给你们做,你们做不做得来?她身兼数职,她可以对外公关、管理康美仕、处理文件、报告计划,这些事情你们哪个能一个人做得到?你们投诉她干什么?"

"小范你看一下,这么多人投诉你,如果你要在公司里好好发展,就要处理好人际关系,不管你多能干,任何时候要做到谦虚、低调。我还是相信你的能力的。"那些投诉的人走掉后,他把我叫到办公室,以勉励的言语说了这样一番话。

和文总谈话后，我并不认为是自己有什么过失，而是他们妒忌我的才能，他们越是这样，我就越要做出成绩给他们看，证明自己的实力。

当所有员工对我的连续升迁愤愤不平时，又一个惊人的念头在我头脑中产生了。

千里马总怕遇不到伯乐，而我却不担心这一点，文老板夫妇就是最有眼光的伯乐。刚好健身业务没有主管，正适合我挑战提升，所以我第四次向他们提出申请：我愿意去康美仕健身中心做业务，不拿公司固定工资，只拿业务提成。对于我当时一定要把康美仕业绩做上去的决心，文老板夫妇非常欣慰和支持。

总业绩做十万，我拿百分之一，总业绩做五十万，我一样拿百分之一，本着多劳多得的原则，我新的征程、新的挑战开始了。

每天带着团队发传单、跑业务、公关、聚拢人脉，对于当时的想法就是要像"大姐大"一样，只有"大姐大"的风范才能震慑员工。而当时认为"大姐大"应该是没有笑容的。当时我的管理已经细化到每一个表情，工作中会主动掩饰所有笑容，防止情绪的自然流露在无意中拉近我与员工之间的距离，造成管理上的障碍。当时我认为，**想打造一支铁一样的团队，**

第二章
火凤凰——磨难唤醒我无穷的力量

> 想打造一支铁一样的团队，必须有一张铁一样的面孔。

必须有一张铁一样的面孔。

而对待客户时规律刚好相反，**想打造一支铁一样的消费团队，必须有一张春暖花开的面孔。**怎么让自己看上去春暖花开？操作方法很简单：在顾客面前时刻保持笑容。

> 想打造一支铁一样的消费团队，必须有一张春暖花开的面孔。

洽谈客户满面笑容，管理员工零笑容；常常请客户吃饭，绝不请员工吃饭。虽然对于这些环节我算得上训练有素，久而久之"阴阳脸"的管理方法还是会发生问题。比如我渐渐有了一个外号，与撒切尔夫人的外号"铁娘子"几乎齐名，我的外号是"铁公鸡"。

贫穷的惯性让我很有"铁公鸡"的潜质，不舍得花钱，不舍得浪费。但通过对新知识的学习，我明白，花掉得越多，赚到得就越多。可以把对外业务搞好的"铁公鸡"，不能说明她大气，但起码说明她真的不小气。

没有笑容,不请员工吃饭其实只有一个目的:让年纪轻轻的自己,更有威严和震慑力,让管理更有效。

思路决定出路,出路决定财路。公司的业绩也从十万到二十万、三十万、四十万往上升……我的工资涨到4000多元,比当初办公室主任的工资高了许多,更重要的是,这些钱是在市场上真刀真枪拼回来的,挣回来的,我用自己的行动和结果证明了自己的实力。

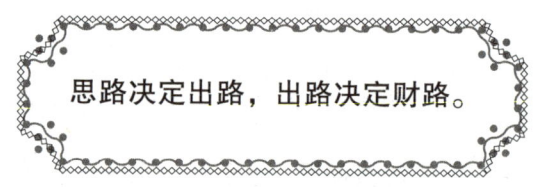

思路决定出路,出路决定财路。

今天不用思想引导别人,明天就会被别人用思想引导。我渐渐成了一个思想分享者,不断地学习提升自己,每次学习之后,我都第一时间分享给员工;我享受这个学习的过程,更享受别人听到我分享时如沐春风的表情。就这样,培训氛围愈发热烈,效果愈发显著,他们听得津津有味,日益进步,我也学得热火朝天,业绩递增。我心里仿佛经历了一场丰收,溢满沉甸甸的喜悦。

今天不用思想引导别人,明天就会被别人用思想引导。

第二章
火凤凰——磨难唤醒我无穷的力量

一个职场小角色，靠天马行空的想象，主动创造机会，最终成为公司的顶梁柱，犹如"丑小鸭"华丽转身变为"白天鹅"，这应该是许多人梦寐以求的结果，也正是我的亲身经历。

康美仕见证了我的一路凯歌，世间的风似乎也都顺应着我，如同在说：**天助自助者。**

第四节 长得可以不漂亮，人生不能不漂亮

万年历上农历的辛巳年，也就是公元 2001 年，深圳市宝安区福永镇迎来了史无前例的形象大使选拔赛。

电视中，广告轮番播报着参赛条件：凡年龄在 18 周岁到 25 周岁的女性，身高 160cm 以上者，形象好、气质佳、综合素质高，大专以上者都可参选形象大使。选出的形象大使将分配在福永文化宣传部门做公务接待工作。

这个信息让福永镇突然沸腾起来，而员工和会员们见面的第一件事就是谈"福永要选形象大使"，我也很兴奋地与她们一起讨论。就这样自己也跟着闹哄哄激动了一阵子。有一天晚上电视中再次重播这则消息的时候，我的心里开始翻腾——再次对照参赛条件，除了身高以外我好像都符合。

第二章
火凤凰——磨难唤醒我无穷的力量

获得冠军能捧着"铁饭碗"刺激了我的神经,心里突然蹦出一个声音"我也要去参赛",我也被这个想法吓了一跳,只有156cm的身高又把我刚涌起的念头收了回去。心想舞蹈不会明年可以学会,歌不会唱明年同样可以练会,知识不够一年的时间可以储备,但160cm的身高明年是长不出来的。去?不去?去?不去?这个问题让我挣扎到天亮。最后的结论就是去有可能有机会,不去就一定没有机会。去!与其让我遗憾一辈子,不如眼前就去冒一次险。天一亮我就赶到了报名的现场,报名现场人头攒动:当时报名的有航空公司的空姐、有深圳的业余演员、有艺术学院的学生和舞蹈老师,还有相关企业推荐的优秀人选等。

传说中,北方有佳人,绝世而独立,一顾倾人城,再顾倾人国,这次真的亲眼见到了,比起她们自己真是相形见拙。当时我想到了一个故事:

1972年,新加坡旅游局给总理李光耀打了一份报告,大意是说,我们新加坡不像埃及有金字塔,不像中国有长城,不像日本有富士山,不像夏威夷有十几米高的海浪。我们除了一年四季直射的阳光,什么名胜古迹都没有,要发展旅游事业,实在是巧妇难为无米之炊。

李光耀看过报告,非常气愤。据说,他在报告上批了这么一行字:你想让上帝给我们多少东西?阳光,阳光就足够了!

　　后来,新加坡利用那一年四季直射的阳光,种花植草,在很短的时间里,发展成为世界上著名的"花园城市",连续多年旅游收入列亚洲第三位。

　　上帝给每个国家、每个地区的东西,确实都不是太多。就拿我们身边知道的来说,它仅给杭州一个西湖,仅给曲阜一个孔子。就拿个人而言,它给每个人的东西少之又少,它只给了牛顿一只苹果,并且还是掉下来的;它只给了迪士尼一只老鼠,这只老鼠并且是在迪斯尼自己连面包都吃不上的时候到达的。

　　上帝的馈赠虽然少得可怜,但它是酵母。只要你是位有心人,你会惊喜地发现上帝的馈赠是多么的丰厚。君不见,聪明的江南人利用西湖把杭州做成了天堂;智慧的北方人利用孔子把曲阜变成了圣城。君不见,沉思中的牛顿因那只苹果,奠定了自己在物理学上无可撼动的地位;潦倒的迪斯尼利用那只老鼠创造了一个价值连城的动画帝国。

　　我有阳光就够了,这种信念指引我一定要参加这个比赛。

　　在首轮100进36的海选中,我便遭到了淘汰,高跟鞋也没能帮我登高到"下一环节"。

第二章
火凤凰——磨难唤醒我无穷的力量

长得可以不漂亮,但人生不能不漂亮。失败只是一个结果,我看重的是过程。我告诉自己,首轮虽然结束了,比赛却刚刚开始……为什么要选形象大使?是不是只为了选美?选拔赛根本目的是什么?跟随一连串问题,我直接找到了主办方。

长得可以不漂亮,但人生不能不漂亮。

"我们福永形象大使选拔赛是给更多的百姓搭建一个展现自我的平台,选出德才兼备的青年,为福永树立一个典范?还是就为了单纯的选美?"主办方的负责人听完我的话后,表示不完全是选美,才华、能力及综合素质占更大的比例。

……

"你想参加吗?"

"是啊,我想参加。"

最后,让我成为这次比赛唯一一个身高不够而破格参赛的一名选手。

这一切都是因为有强烈的信念支撑着我：**相信我行，我就行，不行也行**。这句话成了我晋级经历的最佳注解。

> 相信我行，我就行，不行也行。

第二章
火凤凰——磨难唤醒我无穷的力量

海选过关后,要历经长达六个月的初赛、复赛、决赛三次重大赛事。

汉永公司领导们对此并不知情,没有哪家公司愿意让自己的员工把精力花费在业余活动中,我把这则喜讯私自藏了起来。随后,紧锣密鼓的备战开始了,在每个双休日,我都会百倍努力地练习自己的节目,我清楚参赛者中条件好的有很多,没有人告诉我,关于艺术院校学生、空姐,以及专业演员们的训练情况如何,我想她们本身就有扎实的表演功底,她们拥有自己独特的台风……这就让我对自己训练不敢有丝毫懈怠。

第五节 独辟蹊径,不走寻常路

初赛共有三个环节:1. 知识问答。2. 形体展示。3. 才艺表演。

知识问答环节:主要考验选手对福永经济、文化、历史等各方面的了解情况。针对这一环节,除了去新华书店找相关数据,同时我的朋友们也到处帮我一起收集有关福永民生民情、时政经济的各类资料。查阅这些资料的过程中,让我对社会人文知识有了更深的认识和理解。往后的人生里这些知识对我的思想有很大的启迪。

形体展示环节:在康美仕健身会所工作,为我锻炼形体提供了绝佳机会,当时康美仕有一个国家级健身指导员宋海燕小姐,作为我的贴身辅导老师,她每天严格要求我站姿、坐姿、走姿,形体展示,还教我高难度的

第二章
火凤凰——磨难唤醒我无穷的力量

舞蹈动作,没有她的付出,很难想象我怎么面对后面的比赛。

才艺展示环节:所有参赛选手里我外形分数最低,才艺功底最浅,我明白,这时必须另辟蹊径,我想到要有特色,要和别人与众不同。与其效仿别人不如打造自己的特色,演讲成为了我当时表达心声最好的方式。

于是,"外来妹"身份成了我最大的特点。站在观众面前,我没有表演舞蹈,没有表演唱歌,而是进行了一场振奋人心的演讲……

凭着一股不服输的劲头,我的演讲开始了:

我演讲的题目是:

给别人带来的美才是真正的美

各位评委、各位嘉宾、各位老师晚上好,感谢在座的各位评委给我一个自我展示的大好机会。谢谢大家。(深深鞠躬)

我是今天参赛的4号选手,我叫范家凤,99年毕业于南方冶金学院,

现就职于汉永实业有限公司。文先生是我的老板,也是我步入社会的一位好老师。

我没有高挑的身材,但为什么要参加今天的选拔赛呢?

我想告诉台下所有人们,标志的脸蛋、模特般的身材固然美,但天生没有靓丽脸蛋、模特般身材的姑娘、小伙子们,只要我们努力拼搏,用行动来为社会增添光彩,也能够塑造自己真正的美。

日本保险推销大王原一平身高1米54,他推动了整个日本保险业的进步与发展,难道他不算美吗?拿破仑·希尔的个人成功理论让世界百万大众从懒惰不前走向勤奋进步,从低谷走向成功,推动了全球大众的精神升华。他身高不到1米6,难道他不够美吗?一代伟人邓小平同志的改革开放给我们大家创造了如此美好的社会环境和商机,难道他不美吗?

世界为什么进步如此之快?如此之美?大到高科技技术,小到我们日常生活用品,请大家睁开自己的眼睛向四周看一看,想一想,有多少种东西是目前新有的,原因是由于太多的人敢想敢干,敢于创新,勇于超越自我,勇于拼搏。争取任何一个可以争取的机会,从而推动了社会的进步和发展。给社会、给我们广大民众带来的美。

第二章
火凤凰——磨难唤醒我无穷的力量

世界上最高最出名的是什么呢？那就是我们的头脑，那就是我们大脑当中的理想与思维。那么什么东西比我们的大脑更高更超前呢？那就是（举起我的双手）双手，它超过我的大脑。我今天要付出实际行动向所有的朋友，所有的人们证明：美丽的行为将胜过美丽的脸孔和美丽的姿态（我又摆了一个姿态）。

世界上唯一不变的东西是什么？那就是变化。同样，美也是可以通过我们努力创造改变出来的。外表美中不足的朋友们请不要灰心丧气、停滞不前，请从今天这个时刻开始，举起你的双手，争取任何一个可以争取的机会，给社会、给广大群众带来的美才是我们真正的美！

谢谢大家！在这里，我要感谢福永镇委、镇政府给我们大家创造了如此美好的社会环境，创造了如此美好的个人发展空间，谢谢福永镇委、镇政府。（再鞠躬）

我要用激情让台下所有的人明白：**机会属于每一个敢于挑战和改变自己的人。**

机会属于每一个敢于挑战和改变自己的人。

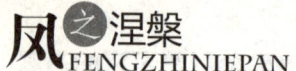

演讲完毕,两万多名观众席掌声雷动,我能感觉到,他们听懂了我的宣言,就像全世界公民感同身受于《我有一个梦想》的演讲者马丁·路德金的召唤,评委也认可了我的演讲。

知识问答第一名,初赛成绩第四名,我顺利进入了下一轮比赛,原来

第二章
火凤凰——磨难唤醒我无穷的力量

我也有机会获得冠军……

初赛胜出后,我头脑里循环播放着一些比赛场上滑稽的画面:麦克风固定在高处,需要我手动调下来,即使调到最低点,还是要掂脚才能讲话。等到第二个选手上来时,麦克风又太矮了,又被调了回去。

不管那些参赛者外形有多漂亮,舞蹈有多厉害,唱功有多棒,必胜的信念此刻在内心深处为我导航……我一定要成为冠军。

第六节 福永诞生"火凤凰"

民族舞我比不过艺术学院的学生,于是,没有任何舞蹈基础的我,在康美仕舞蹈教练宋海燕小姐的协助下,自创了一种糅合健美操和迈克尔·杰克逊动作的舞蹈。初赛到决赛四个月的备战时间里,几乎每天我都练舞到后半夜。

决赛转瞬开始了,上台后的第一个问题是"你的理想是什么",有的人回答要做一名好的文艺工作者,有的人回答要做优秀的人民教师,有的人回答要做一个最好的导游……轮到我时,我直接回答:我要成为福永的形象大使!如果我成为福永形象大使,要为福永举办励志讲座,组织成功人士来演讲,帮助福永正在创业的人指明方向……

第二章
火凤凰——磨难唤醒我无穷的力量

总而言之，讲了一番如何建设好福永的想法，也许有些人会感觉离谱，而我这一席与众不同的话弥补了我身材的劣势，让我的形象顿时高了一截。

才艺展示环节，我首先秀了一段英语，虽然语音上稍显蹩脚，但依旧为我加分不少。放下麦克风，紧接着是一段想象力和活力十足的舞蹈，最后用英文为自己谢幕。

"哇，4号参赛选手范家凤，初赛到决赛简直是两个人。初赛是激情演讲，决赛是创意十足的霹雳舞，简直是多才多艺。"主持人把我的舞蹈定名为"霹雳舞"，透过简短的总结，我似乎感觉到了什么……

公布大赛结果的时候到了，所有选手看上去都信心满满，尤其是那名来自四川的选手，美若天仙的她初赛时，凭借一支"花木兰舞"展现中国风的魅力，从而取得初赛冠军。

随后，谜底一点点被揭开，季军获得者：18号选手"花木兰舞者"阿慈懿玄，来自四川。亚军获得者：15号选手"钢琴女神"石锦。季军、亚军都揭晓了，我不会是冠军吧？其他选手都拿到奖了，有没有搞错，只剩一个冠军了……正当我疑惑时，期盼已久的那个名字刹那间响起来，冠军获得者：4号选手范家凤。前一秒迟疑的心绪还没退去，万分喜悦就奔涌

而来,整颗心似乎都炸掉了,轻飘飘的,感觉像要飞起来……

台下两万观众顿时人声鼎沸,特别是我康美仕的后援团,口哨声响彻整个赛场,每个角落都能感觉到范家凤的热度。

戴上桂冠那一刻,贫穷、自卑、胆怯、懦弱在我心底彻底脱离,我感受到一个全新的自己,一股强烈的能量在我的身体里升腾、幻化。此时仿佛地球都在围绕我转,一个充满能量、自信的我站在舞台中间接受着鲜花、掌声、赞美……

第二章
火凤凰——磨难唤醒我无穷的力量

到了采访环节，记者们的"长枪短炮"很快各就各位，当被问及想把喜悦心情分享给谁时，我第一个想到了教练宋海燕小姐和文汉根夫妇。我在台上当场感谢了宋海燕小姐，当场拨通了文总的电话。

"文总，我获得冠军啦。"

"我在看电视，现场直播……" 文总在电话另一头。

片刻功夫后，所有祝贺的宾客聚集到了汉永公司，康美仕健身会所一下也挤满了会员，原来他们看了电视直播，正等着为我喝彩。那一夜，我真正感受到了什么是万众瞩目。

第七节 "火凤凰"展翅高飞

　　成为福永的形象大使后,先后受到各界新闻媒体的采访与报导,接到很多做形象代言人的通知,比如手机连锁店、地产开盘仪式等,随着曝光率和名气的提升,收入也随之迅速增加,我的野心也开始增加、骄傲之心也开始增长……通过认识的经纪人,介绍他们手中的明星走穴,一线港台歌星站在身边,看上去真的是星光灿烂,熠熠生辉。那种气氛中,任何一个年轻人都会感到异常亢奋,甚至追着对方合影,索要签名。从粉丝的角度讲,能零距离见自己的偶像是许多年轻人的梦想。而在当时的认识里,站在他们身边的我,感觉自己气势远远在他们之上,心想比他们任何人都潇洒,章子怡也不如我夺目。

　　随着时间的推移,渐渐地我心里开始明白,决不能因短暂的成就让自

第二章
火凤凰——磨难唤醒我无穷的力量

己坐在高高的背椅上昏昏欲睡,用一个故事时刻提醒自己。

乌鸦整天悠闲地坐在树上,无所事事,兔子看见乌鸦,就问:我能像你一样,整天什么事都不用干吗?乌鸦说:当然,有什么不可以呢?于是,兔子在树下的空地上开始休息,忽然,一只狐狸出现了,它跳起来抓住兔子,把它吞了下去。

这个故事让我明白,**如果你想悠闲坐着,什么事都不做,那你必须坐(做)得很高,非常高。**而此时我还根本没有开始爬上树,还没有任何的安全感。

> 如果你想悠闲坐着,什么事都不做,那你必须坐(做)得很高,非常高。

光环不是我最想要的,如何用光环来铺出一条出彩的人生路是我接下来要做的事情。

在校园时期的我经常会问自己一个哲理性的问题:这个世界为什么会有我的存在呢?我为什么是我呢?而在那段风光无限、信心满满、集万千

宠爱于一身的日子里,我突然给了自己一个答案。原来我的存在是有道理的,只有我的存在才能感受到世界有这么美,原来我是这个世界的中心啊,地球是围绕我转的,周围一切都是为我服务的。在那段时间里感觉只有想不到的事情,没有我做不到的事情。获得冠军后不但拥有高额的奖金,最重要的是获得了一个政府部门文化宣传部的工作岗位。对于一个偏远小山村出来的我而言,能在特区深圳市福永镇获得这样一个铁饭碗,是一件多么庆幸、荣耀的事情。而我当时的野心已经不是要做小职员或从基层干起,我想几年之后一定要当镇党委书记……

"你拜访了100个千万富翁,你至少会变成百万富翁。"在一位老师的课程中曾这样讲过,我就想着自己如果拜访了100个市委书记或区委书记,岂不就可以成为书记。

这是多么有创造力的想法,提炼出这个想法一度使我有点喜不自禁。既然想到就要迅速办到,于是,从本镇书记开始,我的拜访之路开始了……

初次拜访的我,拿着一份将近二十页的文件,标题上赫然写着:《如何建设好福永》。

第二章
火凤凰——磨难唤醒我无穷的力量

人们都知道有"上访"这一说,为的是反映特殊诉求,很少有人听过"拜访"这回事,拜访目的更无人知晓。一个小姑娘写如何建设好福永,听起来有人或许会觉得滑稽,好比一个人写《如何建设好北京》,然后找中央领导谈话。但作为拜访者的我,当时一点不觉得可笑,甚至充满责任感与使命感。

走进镇政府,四周戒备森严,给人一种强烈的距离感。

我两只脚踩在镇政府一楼大厅里,可心却被压抑的气氛拦在了楼外,到底要不要上去?我开始犯起了嘀咕。这样也不是办法,我一咬牙,三步两步,手很快悬在了镇党委书记五楼办公室的门前……

敲开这扇门就能见到书记了,可第一句话怎么讲呢?他要是根本不知道形象大使这回事,就更谈不上知道我是谁了,这样反复一想,我又退回到一楼,在大厅里来回踱步。

我连本镇书记都拜访不成功,未来如何能够做书记呢?走了几圈后,做书记的信念再次把我拉上了五楼。酝酿了几口气,刚要敲门,突然一群人从里面走出来,吓得我立马扭过头,假装下楼,跟着他们一起又回到了大厅。

别人能拜访100个千万富翁,我怎么不能去拜访,不拜访有什么资格获得成功呢?形象大使的竞选要比这个难百倍,这个算得了什么,于是,镇委书记的门被我敲响了,咚咚咚……

我并没有声张形象大使的名头,简单交代身份后,欧书记很是热情,起身为我倒茶。他刚一落座,顿时满脸疑惑,《如何建设好福永》大标题

第二章
火凤凰——磨难唤醒我无穷的力量

映入他眼帘，得知这是我为建设好福永所写，他也不敢怠慢，承诺稍后看看。于是，我进入下一环节，开始采访，镇党委书记到底怎么做才算成功？您是怎么成功当上镇党委书记的？……气氛有点尴尬，我意识到问话有问题，因为对方呆在那里，无法识别。

第一次拜访书记，没有一句话命中"靶心"，整个谈话过程两个人都是一头雾水。后来仪式性地又谈了几句，我和欧书记都终于得以脱离"苦海"。不过我的拜访之旅没有结束，单刀赴会访问过镇党委书记后，很快又拜访了镇长，副书记，组织部部长等，按照官职大小逐级访了个够……

拜访一段时间后发现书记并不是我拜访之后就能做到的，光凭一腔热情还是远远不够的，既然做不成书记，那么宣传部小职员的工作对我就失去了意义，与其在一个没有前途的岗位上，还不如回到我原来的单位打拼，为自己将来经商积攒点经验。经历这些事情后，让我对自己的前途有了更加清晰的认识，仕途不是我想走就能走的，那么留给我的就只有经商，只有这样，我才能改变自己的命运。我一边努力工作，一边借助参加形象大使的知名度结交各界人士，希望能从他们那里得到一些创业或者投资的资讯。

经过朋友介绍，旅游业吸引了我的目光，借款 13 万元后，加上手头

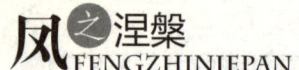

上的资金，同别人合伙开始投资做起了旅游业，同时也做起了老板梦。一边自己在康美仕工作，一边等待着合伙人的好消息。想着自己在不久的将来就可以成为大财商了。

几个月后承包商跑了，之前超好的发展前景成了我一厢情愿的想象，钱就像泼出去的水，无论如何都收不回来了。

刚开始的那段时间，我始终缓不过神来，不明白发生了什么，想到这件事只有痛心。合资伙伴都是可信任的人，意外还是出现了。从这件事件中让我总结到投资是有风险的，此次的失败我认为：第一，投资前的考察过于草率（宁愿投资前花成本考察，也不要投资后迷迷糊糊的亏本），投资前的风险评估、前景分析、成本预算等尤为重要。第二，自己只投入资金没有参与经营，个人能力没提升就坐等收益，失败后连经验都找不到。这次的投资可以说是交了昂贵学费而什么也没有得到。

第三章

金凤凰——
直销是修炼灵魂的道场

第三章
金凤凰——直销是修炼灵魂的道场

第一节 当创业成为一股风暴，我该怎么选择

对于当时的我来说，负债13万是难以说出口的痛，钱就像拿去打水漂了一样，而我却不曾看到那个水漂。正在我努力做业务，想通过工作慢慢还债的时候，我发现公司的员工却悄悄发生了一些变化。

以前他们总是忙里偷闲，遇到事情能躲就躲，能推就推，但是最近一段时间却发现他们都变得非常积极，并且下班之后三五成群地在组织学习，这一点让我非常纳闷，自己以前想尽各种办法激励大家的工作激情，但只能让这种激情保持几天，一些日子之后，大家又回到了原来的状态，但现在他们却个个积极主动，对待顾客热情的让我有点不认识自己的团队了。

在我多方打探之下，我发现大家的改变源自于他们最近在从事一份直

销公司的兼职。虽然看到大家工作热情高涨,但是我还是有些担忧,大家都在做兼职,长时间下去会不会影响到健身房的业绩呢?

我决定开一个会,提高大家的"觉悟"!

这次会议并没有看到以前让我陶醉的"如沐春风",而是沉闷,在会上,我晓之以理,分析利弊,似乎没有什么效果,第二天,第三天,第四天,他们依旧我行我素,依旧不愿意放弃自己的兼职工作。

更过分的是,陈教练竟然还邀请我去参加他们直销公司的会议,你们做兼职影响了工作,不听我的劝告已够让我火大了,竟敢打起我的主意来了,我告诉他:别给我说你们那个什么销,不把工作做好,我先把你"报销"了。简直是在太岁头上动土。这通火发完,显然起了作用,接下来的一段时间他们安静了许多,看来他们也只不过是一时的热情。直到有一天,公司领导找我谈话,很严厉的对我说:你再不把"康美仕"管好,就要变成"完美仕"了。我才知道他们瞒着我还在做那份兼职工作,公司领导都知道这件事了,我意识到这次很严重,必须认真对待,我决定找陈教练跟他去那家公司看看,我当时就认为,"不入虎穴焉得虎子",我要找到证据,彻底粉碎他们这不着边际的白日梦。

第三章
金凤凰——直销是修炼灵魂的道场

就在这样的心理之下,我踏上了"考察"这家直销公司的道路。

我们从深圳坐大巴车到了直销公司所在的城市,下了大巴后,需要再转一路公交车才能到这家直销公司,陈教练带着我们一帮人去找公交车,为了显示我"大姐大"的身份,我说我们不坐公交,打车去。陈教练拦了几辆的士,问对方知不知道"科技工业园",几辆的士司机都说不知道,我从鼻子里哼出一股凉风,"心想连出租车司机都不知道这个地址,可见你们的眼光,哎……在福永,怎么可能有司机不知道康美仕呢?"还是回来老老实实在康美仕干吧。后来,陈教练又拦下一辆出租车,问知不知道P公司,司机表示知道。我就很纳闷,怎么这里的司机不知道"科技工业园",却知道"科技工业园"里的一家公司呢?

到了公司后,正好赶上他们一个活动"客户经理旅游研讨会",里三层、外三层的人群,来自全国各地的大巴车塞满了整个公司的外围。人声鼎沸,我觉得很奇怪,好像这些人都是从乡下来的,没见过世面,不就是一家公司吗?至于搞得这么隆重吗?更让我诧异的是那些人个个都兴奋过度,不管认识不认识的,都拉着握手。当陈教练自豪地介绍说第一届乡镇形象大使范小姐后,居然有人把我插在口袋里的手掏出来握一握又放进去,真是人生头一次遭遇这么疯狂的事情!更增加了我对他们的厌烦。

接下来,我的眼睛迅速打量这些来参加这次活动的经理们。我把陈教练他们叫到身边,说:教练你看,他们根本就不懂商务礼仪知识,那个人外面穿件夹克,里面还打领带;还有那个人,上面穿正装下面穿旅游鞋……后来我才知道那批客户经理大部分是来自农村。

一连一大串,挑的他们哑口无言,过了好一阵子,陈教练说出来几句话,让我哑口无言。他说:范经理,你看到这么多普通百姓能成为这家公司的经理并受到如此的尊重,难道不值的你思索一下吗!要是你来做直销,肯定比他们强多了。

"哼,开玩笑,你让我也同他们这群人呆在一起当经理,我现在接触的人应该是绅士,应该是西装革履、应该是懂商务礼仪的人,我是什么身份……。"

不过我还是蛮有兴致地找了几个人问了问,他们都能做什么,是怎么做到经理的?

当时我看到了一位坐着轮椅,也是来参加"客户经理研讨会"的人,我想这样的人也是经理不是很可笑吗?于是我向她走了过去。

第三章
金凤凰——直销是修炼灵魂的道场

"你也是这家公司的经理吗?你对你的职业是怎么看的?"

这位朋友给我的回答却是:"我六岁就得了小儿麻痹症,一直坐在轮椅上,像我这样的人本来是要靠国家的救济才能生活,是要给家人和亲人们带来很多麻烦的人,而今天能通过公司的培养成为经理,让我能够自食其力,有尊严地活着,并且通过自己的努力,不但能有一份稳定的收入,而且最重要的我也可以不断的帮助他人,找到了我活着的意义。我真的非常感谢有这么好的公司,感谢公司的领导……"

这样的回答让我的心理怔了一下。

我一个健康的人,是经理,她一个身体有缺陷的人,也是经理。但是,她对公司的感恩心,忠诚度和自豪感可比我高多了!

我又找了个年纪大一点的老大爷,问了同样的问题,他很自豪地回答:"我退休在家,身体不好,自己用产品,然后介绍身边的朋友也用,一年多的时间里把我的身体调理的还可以,现在很开心,特别是这次我大女儿和小女儿同我一起都能作为经理被公司邀请来旅游是我想都没想到的。我要感谢国家,感谢党,感谢公司啊!"

再找，我连续找了几个人，他们的回答是那样的诚恳朴实，那样的热情，那样的感恩……而且了解到他们的收入竟然让我怦然心动。这到底是一家什么样的公司，心理直犯嘀咕！

各种疑惑间，我们到了一个会场，台上一个老师正在讲课，陈教练他们几个身强力壮，在擦肩接踵的人群中硬是给我开了一条通向会场前排的道路，但是我怎么能去前排听课呢，这不显得我对这事很感兴趣吗？不去，我就坐后面。

一场会议下来，我就像在观看一出"闹剧"，任由他们在我面前鼓掌、欢呼，我无动于衷。只有一句话刺痛了我高傲的心：今天，有很多的人认为自己了不起，有可能有一天他的结果就会起不了；今天有很多人觉得自己很优秀，有可能有一天他的大脑就优先"生锈"。

> 今天，有很多的人认为自己了不起，有可能有一天他的结果就会起不了；今天有很多人觉得自己很优秀，有可能有一天他的大脑就优先"生锈"。

这不是在说我吗？我，千千万万打工妹中的一个，没有任何的背景、

第三章
金凤凰——直销是修炼灵魂的道场

社会关系、在身高条件不利的情况下，披荆斩棘最终成为"中国第一位乡镇形象大使"，能在资历浅、完全没相关工作经验的情况下，努力进取，最终管理一家健身中心，甚至经常穿梭于明星之间……当时的我就觉得自己很了不起！

这句话如当头棒喝！

这趟行程让我变得矛盾起来。我这是怎么了？我是来干什么的，怎么可以有这种念头呢？这之后，我觉得自己变得深刻起来，光环带来的名气，和在体面的人群中来回穿梭、一个还过的去的职位、让我13万债务的压力无处宣说，心里的伤疤只有自己知道。也许这是老天为我打开的另一扇门，几经熬煎，我决定来深入了解一下这个公司，看个究竟。

随后，我又去广州、惠州、东莞、深圳等地考察了这个直销公司的经营状况及发展的前景。我发现直销这个商业模式非常新颖，我好像感觉到了有一扇门正在为我打开。

第二节 宁可清醒地放弃，也不能糊涂地错过

我看到的，听到的，让我心头涌动，但是以往的经历和失败的投资经验告诉我，我不能冲动做决定。

我要自己做个分析，随后，我查阅大量的相关资料。有《华商》、《财富第五波》、《生产消费者力量》、《富爸爸商学院》、《亚洲经济论坛》、《管道的故事》、《中国直销前景》……下面这段摘录可以说是影响我一生的数据和资料。

摘于美国前总统克林顿、布什高级经济顾问保罗·皮尔泽的《财富第五波》的书中。

第三章
金凤凰——直销是修炼灵魂的道场

20世纪，汽车的发明、航空业的发展、电脑的普及和家庭计划的推广颠覆了整个人类的生活方式，这些发明不但创造了大批企业帝国，抢占先机的企业家和投资者更积累了富可敌国的财富。21世纪的一个重大事件已经开始，它同样彻底改变我们的生活，并将在今后10年内创造巨大商机，那就是保健革命。

第五波革命正在萌芽，它将深入我们生活的各个层面，并在十年内创造一个万亿美元的商机。但我们却浑然不知，就像不知道1908年的汽车业或1981年的个人计算机会带来庞大的商机一样。

保健事业是具有前瞻性的产业，它是指对健康和亚健康的人提供产品和服务，其效果使之感到更加健康、更强壮、更健美、更年轻，并延缓其衰老的过程或对疾病防患于未然。让我们无论在工作中，还是在家庭生活中，时刻都能享受快乐。

在美国，保健产业2002年的产值已接近2000亿美元，相当于美国汽车业销售额的一半，保健产业的产值在注后的10年将达到甚至超过一万亿美元，而且保健产业将孕育新世纪的惊人财富，甚至连20世纪90年代末期那些互联网亿万富豪们也相形失色。

收音机、电视、餐馆、飞机旅行、留声机、DVD、传真机、个人电脑、掌上电脑、汽车等和其他许多的发明创造已经无处不在，并且彻底改变了整个世界和我们的生活方式。以上产品，刚开始出现的时候只有富人买得起。一段时间后，由于生产技术的成熟，变成普通大众能够买得起的产品。这些今天无处不在的产品和服务从奢侈变成大众消费品，都具有以下五个鲜明的特点。

价格便宜，人人买得起；

口耳相传；

可持续性消费；

老少皆宜；

缩短消费时间（很多消费者其实无暇享受生活，保健产品和服务却不需要占用这些人的太多闲暇）。

我一一对照和分析这五个特点。而保健产业的产品和服务天生具有比其他产品和服务更强壮的"腿"，只要人们注意到某些人有了一种保健消

第三章
金凤凰——直销是修炼灵魂的道场

费的成果就会立刻效仿以期获得相同的效果。毋庸置疑，保健革命将掀起全面的改革。历史上从没有出现一种商机，具有的潜力能像保健革命一样对消费生活的方方面面产生不可思议的积极影响。在我的成长过程中，餐桌上的话题总是离不开家庭财务问题，而现在则愈来愈围绕着健康的话题，该吃何种食物，服用哪些营养补充品，如何健身和如何避免生病，抗衰老等。这只是一波强大的保健意识流的开端。毋庸置疑，保健产业是不会消失的明星产业，保健产业会像汽车或个人电脑一样彻底改变我们的生活。通往成功之路有千万条，但我希望你选择正在兴起的保健产业作为创业或职业的开始，不但有机会致富，而且还能造福人类。

对于保健产业我们有三种身份（1）企业家（2）投资人（3）经销商。

不管是提供保健服务，还是销售产品，或者直接投资创建公司，都可以说是商机无穷，但我们应该致力于最能发挥手中现有资源的领域。

创造庞大财富的机会在于好好把握下一波财富狂潮——保健业革命和流通领域革命。

未来最大的商机不在制造，而在经销领域。

20世纪70年代，自然资源的短暂匮乏达到了高峰，经济成功的关键就在于取得比较廉价的制造方法。如今，由于制造技术的不断进步，制造业的造富能力已经让位于流通领域，经销成为未来经济发展的最大机遇。

由于经销成本的比重增加，最近30年发大财的人，大都是靠流通领域模式创新，而非制造领域创新起家。

沃尔玛创始人萨姆·沃尔顿44岁进军商界，1992年荣登全球首富的宝座。萨姆一生从未涉足制造业，在他的理念里，沃尔玛只销售其他公司生产的品牌商品。20世纪80年代电子数据系统集团的罗斯·佩罗特因为创造了更好的软硬件销售方式而成为亿万富翁。70年代联邦快递的弗雷德·史密斯舍弃传统运输方式，直接成立一家航空运输公司，由此成为亿万富翁。互联网时代的例子首推大富豪，亚马逊网络书店的杰夫·贝佐斯。他曾被《时代周刊》选为年度风云人物。这些新经济巨头们就是利用新工具——互联网更有效地经销产品。这样的例子不胜枚举。

今天，制造领域的商机在于设计和创新，而不是千方百计地降低单位成本；流通领域的商机在于知识经销，而不是实体经销。而直销创富就是实体经销与知识经销的完美结合。

第三章
金凤凰——直销是修炼灵魂的道场

因此，告诉消费者怎样获得这些产品和服务，也就是说知识经销，在现阶段和可预见的将来都是最大的商机。

我之所以推崇直销原因在于：人人都有成功的机会，而不用经历传统的工作历练或者冒着投资血本无归的风险。大多数的直销机会有助于个人的成长和锻炼。

自大学毕业33年来，我做过白宫官员，花旗集团副总裁，几家公司的创始人和CEO以及纽约大学的教授。现在回过头看这些经历我发现能造福最多人的还是直销。

查阅了大量的相关资料之后，我又走访了很多从事这份事业的人，问他们为什么要做这份事业，看中了哪些优势，我一边走访，一边做笔记，最后写下了自己从事这份事业的原因和分析报告：

1. 把握趋势才能成就自己。

经济趋势就是未来经济发展的动态。详细的分析了每一次社会变革都让一部分走在时代前沿的人成为了当时的富翁。例如1908年的汽车产业和1981年的个人计算机产业，这两次财富重新分配让赶在20世纪初进入

汽车产业和20世纪末进入个人计算机产业的人赚得盆满钵满。不但如此，即使和这个产业相关的行业，也成就了很多财富新贵，例如在20世纪初，汽车慢慢走入更多人的生活之后，加油站、公路建设、橡胶生产、钢铁等，只要和汽车挂上边的产业几乎都被带动起来。20世纪末也是一样，凡是和个人计算机挂上边的产业，都因为新一波财富分配的到来而风风火火。

大多数商业模式都是在反对声中崛起，在议论声中爆发，在叫好声中结束。当我们人人都知道某个行业是好行业，是有前景的行业的时候，离这个行业走下坡路也就不远了。

> 大多数商业模式都是在反对声中崛起，在议论声中爆发，在叫好声中结束。

对于前两次的财富重新分配，我们没有办法让时间倒流。

在《财富第五波》中，作者明确地指出，健康产业将会是下一次财富再分配的主体，对于这一次财富再分配我们现在所处的机遇就如当时1908年之前的汽车业和1981年之前的计算机产业一样。

第三章
金凤凰——直销是修炼灵魂的道场

当今世界几个强大的经济体,西欧、北美、日本、亚洲(韩国和新加坡等)将构成未来的国际保健市场。而以中国经济发展速度及中国的人力、物力在未来的经济发展中定将与欧美发达国家并驾齐驱。

整个世界的经济特别是中国的经济和100年前相比增加了几十倍,和几十年前相比增加了十几倍,大多数人不再为温饱问题发愁,更多的人开始关注自己的健康,那个靠牺牲健康换取财富的时代将要慢慢过去,越来越多的人开始关注自己的身体,也开始关注保健养生的信息。

保罗·皮尔泽断言,在未来的10年当中,保健品行业必将创造巨大的财富,也将会有一批人在这次财富分配之中迅速崛起。

2. 直销是普通人创业的平台。

人一出生就是消费者,而我们以往的购买方式是,工厂—总代理商—各级代理商—各大超市—消费者,直销其实就是缩短中间环节,让商品从厂家直接到消费者手中,让消费者参与利润分配,简单地说就是每个消费者可以选择购买直销公司的产品,享受一定折扣外,然后把优质的产品介绍给自己身边的朋友使用,让他们在消费的同时获得利润分配,让不同背景、资历、年龄的人有了平等的机会。就像那个小儿麻痹患者都可以像健

康人一样拥有平等的机会，从直销里有尊严地赚到钱，这一点让我感动。

做直销，不用为开发产品而费神，也不用为资金、技术、人员、配方、设备等问题担忧，我们也不需要建设厂房，发员工工资，打品牌广告等等，我们只需要找一家有实力，产品质量过硬，奖金分配模式公平合理，有信用、讲诚信、有社会责任感、有文化背景的直销公司合作，这一切问题就都解决了。

很多普通人无法创业都是被卡在资金不足上，而直销不需要太多的资金。

3. 能让我建立一个庞大的顾客群。

在2001年我看到了一本书叫《穷爸爸，富爸爸》，书中写到：穷人都是靠一个人在创造财富，富人都是靠一个团队在创造财富。

一个人是先有团队，才有成就。就像马云一样，在没有阿里巴巴之前，就先有了"八大金刚"；比尔·盖茨在创建微软之前，也已经拥有了自己的团队；富士康之所以能进入世界500强，也同样靠拥有一支庞大的团队。

第三章
金凤凰——直销是修炼灵魂的道场

在我了解这些道理之后,就很想建立一支庞大的顾客群进而成为富人。以前管理健身中心的时候,我也曾领导一些人,拥有一大批的健身会员,但说到底,这不是自己的团队,我只是替老板管理这些会员。

直销可以让普通人组建自己的顾客群。

4. 可以修建一条自己的财富管道,从而获得财富保障。

我在走访的过程中,听到过这样一个故事:

有两个和尚,他们每天都要下山去挑水,其中一个和尚挑完水后,开始晒太阳;另外一个和尚挑完水后开始挖水井。几年过去,这个和尚终于挖成了一口水井,从此再也不用下山去挑水,而另一个和尚依然天天去挑水,等到他老到拿不起扁担,他才开始感叹,早知如此,当初挑完水的闲暇时间,也应该去挖一口水井。

当我听完这个故事后,我才发现为什么自己一直以来都没有安全感,是因为自己的"明天"还没有着落,自己和那个挑水喝的和尚一样,"今天挑水今天喝"。

这让我想到，很多生意或职业的确和这个挑水喝的和尚所面临的情况一样，一旦公司经受不住市场的考验，没有办法盈利了，或者打工出现意外了，自己的知识结构过时了，失业了，就会陷入挑水喝那个和尚的困境。

而直销的模式，恰巧就是挖水井的过程，随着时间的积累，这个水井挖好的那一刻，这辈子就不用再愁喝水的问题了。

在保罗·皮尔泽的《财富第五波》书中提到，被动收入是指在获取该种收入的劳动结束后，收入仍将继续增长——换句话说，这些收入是原始努力的延续。创造被动收入，就必须拥有某种资产，不管是实体还是知识。在启动工作完成后的很长一段时间里，你的收入都将年复一年地持续增长。例如房地产，你需要努力去进行大量的整合；一旦完成了这项工作并且获得了你想要的房产，那么你的收入就将一个月接一个月地流进你的腰包。这也是我大力追崇直销的原因。并不是每个人都能开发一处颇有价值的房地产，也不是每个人都能写出一本畅销书，但直销却给我们提供了这样的机会，每个人都有机会去创造一项可观的被动收入。

所以说直销能够实现未来安全有保障，能做到朝而保夕，等到自己的顾客群建立起来之后，就相当于给自己修建了一条财富管道，这种生意模式正是我梦寐以求的。

第三章
金凤凰——直销是修炼灵魂的道场

5. 整合资源，合作共赢。

有贤推举方显圣，能人帮衬方为王，在任何行业的成功都需要贤德志士的推举，能人志士的帮衬，才能取得成功。

> 有贤推举方显圣，能人帮衬方为王，在任何行业的成功都需要贤德志士的推举，能人志士的帮衬，才能取得成功。

一个优秀的人就是善于与人合作，善于整合资源的人。

我在《李嘉诚传》上看到这样一句话：

一个人成功的快捷方式有三种，第一种是帮成功人直接做事；第二种是与成功人合作；第三种是找成功人帮自己做事。在传统的生意模式中，普通人很难实现后两种，但是在直销中，三种全部可以实现。

在未来的经济发展中，任何一个行业，合力大于个人能力，只有整合优质资源，大家通力合作，才能实现共赢。直销也是如此。

> 在未来的经济发展中，任何一个行业，合力大于个人能力，只有整合优质资源，大家通力合作，才能实现共赢。直销也是如此。

6. 直销创业很自由。

在直销中，我可以选择做消费者，也可以选择做经营者。

消费者只使用产品，会越用越便宜，享受终生优惠权；经营者可以选择兼职做，在做好原来工作的同时，做一份兼职，让自己多一份额外的收入；同时也可以选择加入创业平台，打造自己的销售队伍。

可以说是海阔凭鱼跃，天高任鸟飞。就是这种没有制约，宽泛的从业方式，每个人都能够发挥自己无限的潜能，创造生命的奇迹。

7. 能提升我们的综合能力。

虽然看重赚钱，但我更重视个人的成长。因为我从学校毕业之后就知道一个道理，人才不在于他学历的高低，而在于他学习力的高低。穷人离

第三章
金凤凰——直销是修炼灵魂的道场

开校园之后就停止了学习，富人离开校园之后会继续学习。所以我毕业之后，就不停的学习各种知识。我更看重一个行业能否让我持续成长。我认为一个能让我持续成长的行业，一定能为我带来源源不断的财富。

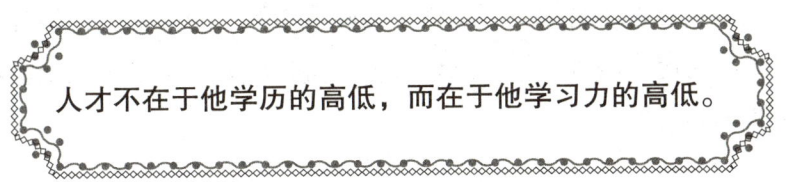

人才不在于他学历的高低，而在于他学习力的高低。

在直销中，可以提升我健康的意识，提升我当众讲话的能力，提升我组织管理的能力和商务礼仪的知识等。

企业与企业之间的竞争是人才之间的竞争，而人才都是培训出来的，一家好的公司，会非常注重员工的培训，直销公司更是如此。

直销是一个开放性的平台，它的经营模式和理念很容易吸引优秀的人才参与，这样，来自不同行业，不同背景的人才在直销里交融，大家互相学习，会更快地提升自己的能力。

所以，我觉得即使自己不从事直销这个行业，在里面泡上几年，自己的能力也会提升一大截。

……

我罗列了十几页纸,只是想让自己的选择更加经得起推敲。而现在回想,也正是我自己当时的分析报告,伴随我走过了很多挑战性的时刻,每当我经受挫折时,我都看一下这份报告,每当我劲头不足时,我也看一下这份报告……

这份分析报告,对我来说,就是一盏照亮我前程道路的灯塔。

第三章
金凤凰——直销是修炼灵魂的道场

第三节 创业总要交"学费"

当我写完这份分析报告之后,我的心开始剧烈跳动。我看到了一条通往梦想的道路,这就是上天给我安排的最好的出路。但此时的我心里也极度矛盾起来,一边是汉永公司的老板文先生,他也是一位有思想有德行对社会有贡献的企业家,在自己心中也是一位值得尊重和爱戴的好老师,我继续留在汉永公司未来也有发展空间;而一边是为自己创业,能够解决自己的负债问题;就在自己矛盾至极之时,我想起了文老板曾经讲过一句话:汉永公司的成功不是本企业有多少员工,也不是每年能够创造多少营业额,最重要的是汉永公司能够为社会培养多少有用的人才。既然要成为社会有用的人才那么我选择自己创业会更加适合我。

我在最短的时间里为康美仕找到了接班人,并把辞职信交了上去,整

个康美仕一片哗然，我已顾不上那么多了，干，就这么决定了！

我就这样摇身一变，成了一个自主创业的老板，那时觉得，梦想就像在头顶一样近，只要我伸手就能抓住。

《孙子兵法》第一章《上屋抽梯》也告诉我，**做任何事要有决心，只要不给自己留退路，就一定能找到出路。**

做任何事要有决心，只要不给自己留退路，就一定能找到出路。

以我在康美仕积攒的管理经验和做形象大使的见闻，我认为做这件事肯定没有问题，我开始按照自己想象的做法迈上了直销之路，对于上级经销商的建议，我从不放在心上。

在我当时的意识里，既然是做销售，卖保健品，那就先租个门面吧。

而当时的我已经负债 13 万，转门面、租门面、装修、进货、请员工等都需要用钱，但我手里的钱不足以完成这么多的开支。没有办法，我只

第三章
金凤凰——直销是修炼灵魂的道场

能借钱，以往能借到钱是因为我获得形象大使，并且能进入政府部门工作有个"铁饭碗"。如今借钱是为了去做直销生意，成不成功都是个未知数，朋友们不但不愿借钱给我，而且还要催我先还以前投资旅游业时借的钱。经过我诚恳的交流，他们才不急于催我还债。但是我依然没有借到自己想要的钱。**我告诉我自己，平凡人只做自己力所能及范围内的事，不平凡的人永远会做自己力所不能及的事**。为了实现自己的老板梦，我想了一个方法，这个方法就是别人借我五万，两年之后还他们十万，借我四万五，两年之后还九万，并且与对方签订合同。**想要过上与众不同的生活就要有与众不同的想法和做法**。而我正是采用这种与众不同的做法走上了直销之路。

> 我告诉我自己，平凡人只做自己力所能及范围内的事，不平凡的人永远会做自己力所不能及的事。

> 想要过上与众不同的生活就要有与众不同的想法和做法。

在这种思维的主导下，很快借到了一笔钱，仿照公司店铺的统一标示，开了一间门面。

　　终于做老板了。凭借我形象大使的影响力，业务开展的还算顺利，正在我畅想美好未来的时候，来了个晴天霹雳！

　　公司发来一份通知，要取消我的经营资格，原因是"开私店"。怎么会这样呢？怎么可以说取消就取消呢？我收到通知一下蒙了，还有"私店"这一说。原米公司为更大保障经销商利益，对专卖店资格审批要求非常严格，不是想开就给开的，但是当时的我一无所知。

　　这可是我的身家性命呐！不行，我要去公司解释一下，"不知者无罪"成了我的护身符，我闯进总公司办公大楼从一楼找到三楼，又从三楼找到一楼，见人就解释，但是根本不知道我的情况该到哪个部门反映。

　　当我焦灼的像苍蝇一样楼上楼下乱窜的时候，一个负责人叫住了我，简单了解了我的情况，把我带到公司专卖店管理部，对我最后的处理结果是：立刻把店关掉，保留我的经营资格！

　　店面关掉固然让我心痛，保留经营资格多少让我有些安慰。

　　就在这事不久，又一个晴天霹雳。

第三章
金凤凰——直销是修炼灵魂的道场

公司发来通知,对我进行严重警告,原因是我违规经营,把保健品当药品销售!

我除了一脑门电光火石外,还有一脑门雾水,这是怎么回事呢?

原来一个热心的朋友,为了帮我赚钱,在非典时期,把公司的一款产品当做药品写在了可以预防非典的药品单里,而且做了大量宣传。

我听到这个消息,再次蒙了,我们这款保健品可以提高人体免疫力,但是它不是药品,更要命的是,这个"药品"的零售地址就是我租的那个门面,联系人和电话就是我。

这件事我根本不知道,只是朋友出于好心帮忙打广告,也不了解这其中原委,把保健品当成了药品。没办法,我只能赶快采取行动,消除误会。

当时我的心里想,自己是形象大使,自己开店销售产品是自己的事情,为什么公司事事都要"刁难"。但是转念再一想,正是公司管理严格,才让更多参与其中的人有规范性和安全感。后来,这一点成了我坚持选择和这家公司合作的重要理由。

　　现在回头看，当时的举动真是荒唐，自己按照传统生意的模式去操作直销，去开门面；我的朋友也是按照传统生意的模式去帮我销售产品，只是好心帮倒忙……

第三章
金凤凰——直销是修炼灵魂的道场

第四节 跌入人生的谷底

创业开始就栽了个大"跟头",不行,我要把时间补回来,一个一个去建立顾客的速度太慢,我要求自己必须快速建立自己的顾客群。于是,利用我形象大使的头衔,我一天之内邀约50多个朋友来参加一个推广会,其中不乏当地的企业家、记者,因为我习惯了镁光灯下的光环,搞活动一定叫上记者,而就是这个举动,毁了我几年时间攒下的名气,换来了人生再一次暗无天日的生活。

虽然我当时负债累累,依然包下了当地最好酒楼的一层,所有的摆设、茶点一应俱全,就等着推广会开始。大家按时赶到,愉快的交谈,气氛如我预料一般融洽。

　　我的上级经销商也来协助我搞好这次活动,但使我意外的是伴随着有节奏的掌声,我的上级经销商带领 50 多个在工厂工作,同时兼职做这份工作的年轻人蜂拥而至,气氛至此转变成了另外一种味道。

　　当时我也不懂,为了欢迎上级经销商的到来,我请他讲话,讲话期间,掌声雷动,口哨四起,叫好声不断……

　　一边是热闹非常,一边是诧异的目光,形成了鲜明的对比,我的心也顿时凉了半截。

　　我的朋友们陆续离场,直至最终全部撤离。

　　第二天,报纸上有一条关于我的负面报导:形象大使变成"传销头"。

　　当我的朋友打电话告诉我这一消息的时候,我第一时间冲出家门,把所能买到的报纸全部买了回来,烧了个精光,为了我的名誉,这或许是我当时唯一能做的事。

　　我心中的气和恨不打一处来,这些没有见识的记者们怎么可以胡乱报导呢?P 公司已经是国家商务部批准合法转型的企业,怎么可用"完没"

第三章
金凤凰——直销是修炼灵魂的道场

这样的字眼来代替我们正规的 P 公司呢？到底是哪一位记者这么没有职业道德，难道是我平时得罪他们，要借这个机会来整我……我很长一段时间陷入在这种情绪中无法自拔。

让我引以为傲的光环，现在成了我最大的负担，我顿时明白了名人的烦恼。

在我负债累累的时候，在我多次承受晴天霹雳的时候，在我创业屡遭挫折的时候，我都没有过那种感觉，但是这一次的经历，让我感觉一下子从山巅跌到了谷底，又回到了人生最开始的心境，对自己彻底失去了信心。

走在街上，感觉所有人都看过报纸，所有人都认为我是负面典型，所有人都对我嗤之以鼻，对我指指点点，我待在房间里，感觉四面的墙向我挤来，压得我喘不过气……

我的精神世界，彻底崩塌了！

那段时间，我不敢迈出家门，无法入睡，不敢想象接下来的生活该如何继续；一切化为泡影，不敢再和以前的朋友们联系，因为拿起电话手就会发抖……

我从心高气傲的形象大使一下变成了负面人物的典型,我从健身中心的管理者到进入直销不懂正确做法而处处碰壁,从以前没有搞不定的公共关系到如今连给老朋友打个电话的勇气都没有,从拜访高官们的从容到如今拜访自己的熟人都徘徊不前……这种压力和骤然间的变化,来的太快,来的太猛,来的毫无征兆,我崩塌的不止精神世界,还有我的信念。

那段日子,我以泪洗面,我不怕失去财富,不怕失去机会,但是我太在意别人对我的评价了。

屋漏偏逢连阴雨,有些被我借过钱的朋友,看到这个新闻或者听到这个传闻后,都开始催债,我顿时压力倍增。

由于认为自己比自己的上级经销商厉害,自以为是的一系列作法,让我陷入僵局,不得动弹,我在一次次的挫败中信心损耗殆尽。我当时面临两个选择,第一,放弃直销,换掉电话,离开这个曾经让我辉煌一时,又将我拽入万丈深渊的痛苦之地;第二,直面当时的困境,像当年挑粪桶一样承担起责任。

但不管怎样,我都让手机保持在开机状态,因为我想通过这个动作,告诉我的朋友们,我光明磊落,并且不用逃债。

第三章
金凤凰——直销是修炼灵魂的道场

就在我矛盾至极的时候,公司安排了一堂关于压力管理的课程,这堂课如及时雨一般,把我从困境中拽了出来。

课堂上,老师解释了什么是压力,并且讲了几个故事让我们知道该如何管理自己的压力。老师说:**压力并不是来自事物发展的本身,而是对这件事发生后的认知。**

> **压力并不是来自事物发展的本身,而是对这件事发生后的认知。**

老师继续举例:压力本身并不存在,它之所以困扰我们,是因为我们太在意自己了。当时老师说曾经有智者是这么想的:死,就是回到你没有生下来的那个时候。没有生下来的时候,我们是不存在的。既然死就是回到那个不存在的时候,那它又有什么可怕的呢?我一直反复思考以上的那句话,就连死都不可怕,人生还有什么会是可怕的呢?我们为什么会压力大,是因为我们放不下已经拥有的光环、头衔和荣誉,而我们当时出来社会闯荡的时候不是什么都没有吗?当时什么都不怕。现在又回到了什么都没有的时候,又有什么可怕的呢?我现在的情景,再坏也不过是回到刚出社会的那个时刻,那个时候我何曾如此悲观失望过呢?这只不过是回到原点而已。现在就让我建立"回到原点"思想。当我们能放下自己,换个角度看问题的时候,压力也就不存在了。

学完这堂课程之后,让我明白了一个道理:

人是无法离开别人的评价而生活的,所有的压力都是来源于我们太在乎外界的看法,所有压力都是自己给的,是自己施加的,既然是自己给的,自己就有办法拿掉。压力管理课程当中告诉我们,解决压力最好的办法就是当机立断,马上行动,直面问题。很多有成就的人,也曾经经历过压力缠身的局面,比如史玉柱,从一穷二白的创业青年,到全国排名第八的亿万富豪,再到负债两个多亿的"全国最穷的人",再到身家数十亿的富豪。当时他跌入低谷,没有选择逃避,而是直接面对,**成功的人不是跌倒了多少次,而是最后一次能不能站起来。** 人生所有做不完的事情,都是我们**必须做的功课,难题做多了,分数自然高。**我必须面对这个问题,我必须解决掉这个问题,当一个人把事情解决了,能力就在问题之上,当一个人不去解决这个问题,能力就在问题之下。只有能力在问题之上,才能自然成功。我决定回来面对一切。

> 成功的人不是跌倒了多少次,而是最后一次能不能站起来。人生所有做不完的事情,都是我们必须做的功课,难题做多了,分数自然高。

第三章
金凤凰——直销是修炼灵魂的道场

> 当一个人把事情解决了，能力就在问题之上，当一个人不去解决这个问题，能力就在问题之下。只有能力在问题之上，才能自然成功。我决定回来面对一切。

当我学习完从公司回来的时候，走在街上，感觉天还是那片天，人还是那群人，一切并没有因为一篇报导有如此大的改变，改变的只是我的心念而已。而我也不在是那一个被压力击垮，一蹶不振的我。

在我日后的工作中，我慢慢找到了原因，并把它写到了我的"创业日记"当中。

我在日记中这样写道：

社会上有一部分人不理解做直销的人，就是因为做直销的人把自己做成了另类，做成了与这个社会格格不入的一群人。直销人看惯了的场面，在别人看来是多么的别扭，但是大家却全然不知。

我约那些朋友的时候，没有告诉他们活动内容及流程安排，别人来是为我开业捧场的，而我却安排了一堂课让大家听，对于离开课堂很久的他

们，看到这种阵势，产生一些想法也在情理之中。

更何况，那些热情的年轻人看到我那群朋友比较冷淡，还主动拉着我的朋友握手、拍照，以为这样能营造一种融洽的氛围，殊不知这些动作，让我的那些朋友难以接受。

直销让从业人员充满热情，因为直销给了大家梦想，给了大家方向，这种激情由内而外，发自内心，充满感激之情，也是一个充满掌声和感恩的世界，但是在这个社会上，很多人并没有这种激情，很多人还无法理解直销人的一些举动，例如掌声和握手，这本是适当的礼仪，有时过度的热情会让人们感觉怪怪的。难怪记者朋友们会胡乱报道，也是在情理之中的。

一个优秀的直销人，是能做到既有直销人的激情，又能回到社会中按照原来的规则与人交往的人。

在我后来从事直销的过程中，看到了很多奇怪的事情，例如：早上问好用早上好，中午问好还用早上好，下午问好还用早上好，晚上问好还用早上好，做直销的人知道这里面的意思是"早上代表朝气，代表阳光，代表活力"，如果大家这样问好，会让不了解的人感觉这帮人怪怪的，分不清楚上午、下午和晚上的区别。

第三章
金凤凰——直销是修炼灵魂的道场

还有一次,我见到一个朋友,他向我介绍:范小姐你好,这是我的新朋友。我当时看到他朋友的脸色一下就变了。他们是从小一起长大的朋友,怎么能介绍是新朋友呢,不要因为对方刚了解直销的产品或第一次购买使用我们产品,就介绍给直销里的朋友说这是新朋友。

……动,恰巧是别人不理解我们的原因。

……结在我的直销道路上起到了很大的作用。

……成功之母,失败之后的总结才是成功之母,一个人犯错不可……犯错之后不总结。而我正是按照这个方法在做,我不断地从我的挫折中总结经验、教训,也正是这种不断总结经验、教训的做法,让我少走了很多弯路。

> 失败不是成功之母,失败之后的总结才是成功之母,一个人犯错不可怕,可怕的是犯错之后不总结。

第五节 直面问题,跨过创业的"沼泽地"

解决压力最好的办法就是直面问题,当机立断,马上行动,只有行动才能帮自己度过一切难关。

> 解决压力最好的办法就是直面问题,当机立断,马上行动,只有行动才能帮自己度过一切难关。

对于当时的我来说,每一分钱都至关宝贵,我要更加节省开支,让自己的资金支持到翻身的那一天。

对于本来就已经很节约的我来说,能让我更加节约的唯一办法就是换一个更加便宜的住处。在深圳福永镇,房租并不算便宜,但是为了每个月

第三章
金凤凰——直销是修炼灵魂的道场

节省600块钱（后来租的房子每个月150元），我搬到了垃圾屋的楼上。这是一个没有人愿意租的房子，或许根本不能称之为房子或者屋子，为了让帮我看店的女孩不离开我，我把一间有窗户的房间给了她。我自己住在一间整日见不到阳光的屋子里，房间的大小只够放下一张一米五的床。

我们楼下就是一个垃圾中转站，整个白石夏村的垃圾，都要先堆放到这里然后等待进一步处理。实际上，我们相当于睡在垃圾场的上面。

深圳炎热的天气加上各种垃圾发酵后的味道，让我们本来就不大的屋子充满了垃圾站独有的酸臭味。当时我自己感觉我所有的衣物上都有一种垃圾站的臭味。更可怕的是每当我们忙完一天回到家里的时候，开灯看到的不是漂亮的家具，而是爬满一地、一床、一墙、一天花板的蟑螂。每一个晚上，我都要先喷足够的灭蟑药把蟑螂暂时赶走才能上床睡觉。屋子里的药味儿连生命力那么强的蟑螂都避而远之，而我却不得不呼吸着这种有毒的气体入睡。

早晨醒来，药味不知是散去了还是被我一晚上"消化"了。第二天等我回家时，蟑螂又如我晚上回到房间后的情景一样，满地、满床密密麻麻。就这样，在那段日子里，我呼吸的是灭蟑药，同床的无数蟑螂。对于一个前不久还是"形象大使"的20多岁的女孩来说，这样的生活无疑已经走到了谷底。

我承受着身体和精神上的双重折磨，承受着外界对我异样的眼光，承受着朋友不断催债的电话……我甚至开始怀疑这到底是为什么？难道是我走错了，选错了方向？**我不断告诉自己，今天我愿意把自己放到最低，明天我仍然有机会爬到最高。**

> 我不断告诉自己，今天我愿意把自己放到最低，明天我仍然有机会爬到最高。

第三章
金凤凰——直销是修炼灵魂的道场

每当我打开那份当初整理的《分析报告》时,我又会坚定自己的想法,告诉自己这一切都是暂时的。每当我消沉的时候,我内心总有一个微弱的声音在提醒我:范家凤,千万不能放弃,现在放弃,目前的生活就会延续一辈子,如果坚持走下去,或许还有改变的希望!

虽然如此,我依然无法排解来自各个方面的压力,这种压力让我经常躲在办公室楼梯口下面流眼泪,我很想控制住自己的泪水,但是泪水总像没有阀门的自来水龙头一样流个不停。尽管如此,只要有顾客登门,我会马上擦干眼泪笑脸相迎,顾客走后继续伤心难过。

一次又一次的成功会让一个人的信心和胆量越来越大,而一次又一次的挫败,会让一个人的信心和胆量越来越小。

对于当时我的经济状况来说,可以说是一个穷人,而那时的我也会把穷人的思想和行为压在自己所售的产品身上,凡400多元以上的产品我都会觉得贵。一整套"清调补",我会拆开分别卖。甚至有时还把矿物晶或高纤乐等30包拆开卖。正是这样的心理,也让我当时不太敢去销售价格高于400以上的产品。那时我卖的最多是沐浴露、牙膏、洗发水等这些便宜的东西。

当时公司的专卖店很少,每次进货我都要乘坐将近两个小时公交车跑到樟木头,有了刚来深圳被偷的经历,让我每次上公交车的时候都特别留意有没有小偷。我会离那些看上去鬼头鬼脑的人远一点,免得被他们盯上。

有一次,眼看着一个"刀疤脸"走到我旁边坐下,心里咯噔一下,我知道麻烦要来了。但我又不能立马起身换地方,这样只能给自己带来更大的麻烦。我只能战战兢兢坐在原地,期待下一站快点到,然后借这个机会换到乘务员身边站着,希望这样能安全点。我身上这点钱,是这段时间卖货攒下来的资本,如果丢了,对我将会是致命的打击。我小心翼翼,祈求上天保佑!

就在快要到站的时候,车上前两排有一乘客喊道:你为什么拿我东西?声音还没落,就听见噼里啪啦的声音,这个乘客被几个人加我身边的"刀疤脸"打倒在地,打完那位乘客那群人下车跑了。

这样的经历,总是重复在上演。让我每次进货的时候都如同经历一场很大的考验。

我每次会从樟木头的专卖店进五、六箱的货,一般都是沐浴露、牙膏、洗发水、洗衣液等。按当时的包装,一瓶沐浴露500ml,一箱总共48瓶,

第三章
金凤凰——直销是修炼灵魂的道场

也就是48斤重,一瓶洗衣液1000ml,一箱24瓶,也就是48斤重。再加上一些资料,一箱货得有60斤重,而我的体重也只有80斤多一点而已。对于当时的我来说,似乎是潜能开发,搬起相当于自己体重的货物并不算太难。

这还不是最难的,最难的是从专卖店到公交站还有一段路程,我要找两辆摩托车,并且要确保这两个司机相互认识,每辆摩托车后座上放三箱

货物。在坐摩托车去公交站的这段路上，我最担心就是其中一辆摩托车拉着我的货跑了。自己坐在其中一辆摩托车司机的前面，眼睛却死死的盯着另外一辆摩托车，确保他不会离开我的视线。

到了公交站，把货物搬上公交车又成了一个难点。我不怕货物重，也不怕累，但是担心的是在我搬货物上公交车的时候，其余货物被在公交站等客的"摩托仔"拖走。每次搬一箱货，要搬五、六次，不但要担心货物丢失，还要给乘务员说好话，让车稍等一会，以免我下车搬其余货物的时候，车载着我的货走了。

每次进的这些货对别人来说可能不算什么，但是对于当时的我来说，是我翻身致富的资本，是我所有的希望和机会！

到福永下车的时候，搬货物下车时的担心如同搬货物上车时的担心一样。一次又一次进货，一次又一次的担心，但这些都不重要，重要的是我相信未来一定会很美好！

做直销是需要考察和见证的，自己说一百句，不如顾客自己去见证一次，所以做直销不是我们说了什么，而是我们有没有带着顾客去考察和见证。

第三章
金凤凰——直销是修炼灵魂的道场

当时,我可去的见证地点并不是很多,经常去的是樟木头和惠州两个地方。我的很多顾客都是上班族,要到下午6点以后才下班,坐公交车2个多小时赶到惠州,看完产品示范,听完顾客见证,搞完活动,有时已经是深夜2、3点了,公交车早已经没有了,打车是一个选择,但是却不是我的选择,因为太贵了。

我们唯一的选择就是搭"顺风车"。深夜,男同志去路上拦车,不管把大拇指竖的再高,也不会有人停车的。做为领队,同时身为一个女孩,站在公路上拦顺风车成了我的"职责"。

夜深人静,路上车本来就少,看到我拦车愿意停下的也不是很多,就在这为数不多愿意停下的车里,还有很多人是冲着我来的:小姑娘,一晚上多少钱啊?

瞬间我被别人当成了"站街女",被人询问价格,我内心深处被狠狠地刺了一刀,火气直往头上冒,真想骂人。但是我不能骂人,因为我们要回家,我只能笑脸说明拦车的意图,希望车主能带我们一程。往往"询问价格"的司机不会让我们坐顺风车。

站在公路上,没有更多选择,只要看到车灯,我就得招手,一次又一次,

期待上天派一个好心人来"搭救"我们,不要让我们在公路上过夜。终于有人答应我们可以免费带我们回深圳了。

但是大家并没有一丝高兴,因为这是一辆"猪仔车",对方把出圈的猪送出深圳,现在空车回深圳,猪粪还在冒热气,车上湿漉漉的,难以下脚……

看着和我一起坐"猪仔车"的朋友们,我知道,对于他们来说,直销的考察之旅已经终止了,明天肯定再也不会出来跟我考察了,因为做直销对于他们来说,可能就是站在公路上无限期的等待和坐"猪仔车"回家。

他们吃不了这份苦,受不了这份累,但是我不能放弃,因为我心里非常清楚:**如果我放弃而让自己失败了,吃再多的苦也不会有人在意;而如果我坚持让自己到了成功的时刻,我所有的经历都会变成传奇。**

> 如果我放弃而让自己失败了,吃再多的苦也不会有人在意;而如果我坚持让自己到了成功的时刻,我所有的经历都会变成传奇。

第三章
金凤凰——直销是修炼灵魂的道场

因为我仔细分析过,我有那份分析报告给我指路,我相信我的判断,相信未来是美好的!

第六节 真心、耐心、用心的面对每一个顾客

有了那次报纸的负面报道,让我总结:销售来源于生活,我们只有把销售根植于生活之中,才能保持充沛的干劲和热情。

直销事业是一份长久的事业,需要的正是这种对工作持续的热情而不是短时的雄心大志,更不是把自己做成边缘化,形式化。应该把直销融入到我的生活里,把我的生活融入到直销里。在想明白这个道理后,我开始了新的路程。

有了上次急功近利的教训,我开始一个一个去服务顾客。在接下来服务顾客的过程中,也碰到一些很挑战我耐性的问题,有些顾客在听完我介绍产品后,会问:"你们的保健品有用的话,医院早倒闭了,医生早下岗了";

第三章
金凤凰——直销是修炼灵魂的道场

"你们这么好的产品为什么不摆到超市去卖";"你是不是给我洗脑啊!"……"现在每顿饭要吃进去很多的农药和化肥了,你的身体有3—25公斤的毒素,你知道吗?你看过几本经济方面的书啊?这种销售模式是未来的发展趋势……"急燥的性格常常使我不等顾客说完就要急着与顾客争辩,有时甚至拂袖而去。

心想让你用保健品是为你好,还问东问西,你不用有大把人用,中国十几亿人口不差你一个。在这种态度的影响下,几个月下来,能够持续回购产品的顾客非常少,再这样下去,就没有办法开展工作了。

保健产业是未来的经济趋势,直销在中国有着广阔的发展前景,可以说外部形势一片大好,而我却举步维艰,工作难以开展。

痛苦!开始让人停下来反思,"顾客是永远不会买他不了解的产品的",张锦贵教授曾说过。消费者大多数是不具备健康知识和保健知识的,健康知识的缺乏,再加上市面上有一些保健品品牌夸大宣传,很容易诱导消费者盲目购买,而对产品效果的夸大宣传又给消费者带来很高的期望值,但保健品不是药,这样不负责任的夸大宣传不但损害了消费者的利益,也给整个保健品行业带来信誉危机。顾客对保健品不信任,处处提防是有原因的。

当我明白这个原因之后，就下定决心开始恶补健康知识，比如高血压、糖尿病、慢性咽炎、肠胃病等的成因，西医的治疗方法、中医治疗方法和保健产品的调养有什么不同，日常生活习惯对疾病产生的原因……扎实专业的知识，让我帮助顾客正确指导选用保健品，在后来的市场运作中多了一份淡定和自信。

我一个朋友是银行行长，有高血压，长年吃药，但是病情也没有好转。我通过之前学习，告诉他《黄帝内经》里讲到高血压不是病，他当时很惊讶，吃了那么多药都没有吃好，怎么会不是病呢？经过我的分析，他觉得有道理，同时也接受了我的建议，尝试用保健品调理一段时间，几个月后，吃了多年的降压药，不用再吃了，这让他很开心，之后他热情地为我转介绍了很多的顾客。这让我悟到专业知识和真诚、耐心、用心的态度都是建立顾客尤其重要的条件。

有了这次经验，我服务的顾客越来越多。

山不辞土，方能成其高，海不辞水，方能成其深。在组建销售队伍中，我非常重视人才的培养，在我的概念中，人才并不一定是有钱有实力的，在直销中，我判断销售人才的标准有三点：第一点是强烈的成功欲望；第二点是愿意为目标付出一切的代价；第三点是愿意努力学习提升自己。要

第三章
金凤凰——直销是修炼灵魂的道场

建立一个庞大、忠实的顾客群体,必须珍惜每一个顾客给我的机会。顾客是没有受过专业训练的,他们会随时提出各式各样的问题,用任何他们喜欢的态度或方式与我沟通,这些都是正常的,因为顾客怎么说、怎么做都是对的。当我悟到这些道理,一切都发生了变化。

山不辞土,方能成其高,海不辞水,方能成其深。

在建立顾客群和组建销售队伍中,每一个成员对我来说都非常的重要,开发十个新顾客,不如服务好一个老顾客,只有顾客群多而稳定,所有参与的销售人员才会有更高的收入,销售人员才会更加有信心。

有一个深圳本地人参与到我的销售队伍中,她主要靠收租生活,时间比较自由,并且用自己的房子开了一间当时我们当中最豪华的养生馆。

这位深圳本地人参与之后,我几乎每周都去协助她运作市场,从我的办公室到她的办公室需要2、3个小时车程,有两路公交车可以到达,一路公交车有空调,但要贵三块钱,另外一路公交车便宜,但是要绕路接更多的乘客,以我当时的经济条件,我宁可选择时间更久但是更便宜的公交车来乘坐。

有一次，我去帮助她服务一个顾客，当我到的时候，他们已经摆上麻将，其中的一个人问我：小姑娘，你会打麻将吗？我知道打麻将的场合是不合适讲产品的，所以我委婉地说："我不会打麻将"。但是这个人说："小姑娘，没钱是吧，没钱也没关系，输了钱算我的，赢了算你的……"。

这句话深深地刺痛了我当时最敏感的神经，当时我哑口无言，但是我还是满脸笑容，我提醒自己，我没有资本生气，因为我身上有一份责任，我要对销售队伍中的每一个人负责，帮助他们开发顾客，提高他们的收入。

我坐在旁边看他们打麻将看了几个小时，散场后我讲解了产品的作用，做了一些示范，最终帮助我深圳的这个合作伙伴当场成交了几千块的产品，之后那位叫我打麻将的"朋友"也成了我们忠实的客户。

有优秀的人才参与，对整个销售队伍来说是全力发展的好机会，但对于我来说，是一份新的责任。我之所以能够面对这种刺激神经的话语和几个小时的车程加上几个小时的等待，源自于我感激每一位与我合作的人，而对于他们发展的好与不好可以说就是我的责任。既然对方相信我而开设养生馆，我就一定要协助她成长，协助她做好。

还有一次，我去福建协助小表哥做市场，小表哥介绍了一个在美容行

第三章
金凤凰——直销是修炼灵魂的道场

业很成功的女性来谈合作，这位女士开着轿车，戴一副墨镜，浑身上下都是名牌服饰，她皮肤靓丽，气质高贵，整个就是一副明星范儿。小表哥介绍完之后，她上下扫了我一眼，连墨镜都不摘下来，就望着别处，一副高高在上，拒人千里之外的态度。对于当时浑身上下所有的衣物加起来也没超过100元，靠走路和坐大巴为交通工具的我来说，这个人现在拥有的就是我未来的梦想。可以想象，一个人和自己未来的梦想人物谈自己所从事的行业是如何有前景，产品如何好等。这种压力是多么的大，让我当时感觉，我说出来的每一句话似乎都变得没有力量，哪怕这些话经得起验证和时间的考验。当时的我不管对方是什么样的态度，我都用最专业的知识，最好的笑容，最真诚的态度来做好我应该做的一切，讲好我应该说的每一句话。我每分析完一段就想看看她的反映，而她始终都是一副很冷的表情，并附上冷冷的一句"你讲啊、你讲啊"，眼睛似乎都没有看到我这一边，此时我的心里也开始不停的交战，心想这样冷漠的态度，可能讲也是白讲，另一边又在想对方有资格没有态度，而今天的我没有资格也没有资本没态度，这时我突然想起了发生在康美仕时的经历：

在我刚调去康美仕做业务经理的时候，很多业务员很不服气我这么一个年轻小女孩就做到经理的位置，为了证明我不是徒有虚名，而是"物有所值"，我带领他们去福永镇一个"高规格台商协会"活动上推销我们的健身卡。

　　我们提前来到活动现场,和主办方商量如果会议间歇中能否给我几分钟时间上台介绍一下我这次为这次活动带来的礼品,我将送所有参会人员一人一张康美仕的健身券(其实当时的健身券本来就是免费赠送的)。

　　主办方看我说话办事比较有谱,就同意了我的请求。一切都是按我设计的进行,当台商协会会长们讲完话后,让我上台介绍了我为此次活动带来的赞助礼品,我借此大好机会推销了我们的健身券,此次的推销活动随后创收了一批高端会员,最重要的是让我有机会站在那么重要的舞台上锻炼了自己。很快第二次的"台商协会"会议又开始了,这次我把自己打扮的比较成熟。当时我只是想同上一次一样找机会来推销我的健身券,我走到了签到席前,有些工作人员看我比较眼熟,好像上一次的会议中能同会长同台讲话,以为我是什么领导就给我的胸前戴上了一朵贵宾的花,并帮我领到的主宾席,并且和深圳市领导还有福永镇镇党委书记、和台商协会会长们一起坐到了主桌上……这次经历让我第一次感觉到,富人和穷人其实并没有什么差别,当自己把自己当成富人的时候,别人就会把自己当成富人。

　　后来整个谈话中,我都把自己置身于这种状态中,并不断提醒自己,我是一个富人。我再一次用最好的笑容,最佳的状态与她交流,就这样,我完成了这次谈话,并且她后来经过考察,把自己豪华美容院中的美容品全部替换为我们公司的美容品及保健品,她的参与让我福建省的业绩有了

第三章
金凤凰——直销是修炼灵魂的道场

很大的突破。

那一次经历后，让我开始明白，外在的东西不是最重要的，一个人成功与否，最重要的是内在，这次谈话之所以能够顺利达成合作，和我以前在直销里学习的专业知识有很大的关系，一个人只有内在强大、专业，才能在外在变得强大。之后我面对所有的大客户都变得从容无惧。

我在开发福建市场的时候，有几次路过自己家所在的小镇，都没有回家，并且经常坐大巴、公交在福建几个城市之间做市场。

那个时候，我经常提醒自己：

今天做自己不愿意做的事情，明天才能做自己想做的事情，今天让自己不舒服，明天才能让自己更舒服。 今天多走路，多坐公交车，明天才有机会开小汽车。

> 今天做自己不愿意做的事情，明天才能做自己想做的事情，今天让自己不舒服，明天才能让自己更舒服。

还有一次,我在深圳运作市场的时候,认识一个健身房的老板,经过交流,了解她目前经营很困难,入不敷出,每月亏损。为了帮助她解决这种困境,我就把在管理康美仕健身会所的经验跟她分享,并且针对她目前的经营状况,帮助她培圳健身会所的业务员,并希望通过努力能够扭转健身会所的经营局面。就在这真诚的帮助下建立了信赖感,后来她居然来同我合作。如今,她也是我们销售队伍中的一员干将……

就在我的业绩不断递增时,我决定去参加公司"消费心理学"的这个课程。因为只有不断的开发新顾客,服务老顾客才能让业绩稳步增长。只有通过学习才能让我更好的检测自己是否做的够正确,只有通过学习才能改善得更好。消费心理是指顾客在购买、使用、消耗某种商品或服务时的内心活动,当时老师讲的一个故事让我感触很深:

台湾"经营之神"和"塑胶大王"王永庆,他的第一桶金就是从卖大米开始的。

少年时代的王永庆,家境贫穷,连裤子都买不起,每天都穿着他母亲用面口袋给他改的一条裤子,上边还印有"中美合资"的字样。家里勉强把他供到小学毕业,王永庆15岁时到一家米店里做小工。聪明的王永庆,在工作之余留心观察卖大米的诀窍和学问,第二年他央求父亲支持他,他

第三章
金凤凰——直销是修炼灵魂的道场

要开一家属于自己的米店。他父亲从亲戚朋友那里东拼西凑借来200台币，不久王永庆的米店就开张了。

由于资金少，王永庆的米店地处偏远，门头又小，这对于小小嘉义县城的其他30多个米店来说，根本就够不上威胁。而离王永庆的米店不远处就有一家日本人开的米店，既批发又零售，谁又能到这家少年开的不起眼的小米店来买米呢。坐等不来，那就主动出击，王永庆背起米袋，走街串巷，一天到晚累得够呛，但米店的生意还是不见起色。

一天，王永庆在米店里望着米仓里的米发呆，突然一拍大腿，"有了！"，他喊来两个弟弟，开始干了起来。原来，因为那时碾米技术相对落后，当时的米中有好多没有脱干净，其中还有不少小石子、小木棒等类的杂质。王永庆和他的弟弟，干到半夜，把第二天要卖的米中的这些杂质，一粒一粒地拣出来。从此以后，买米的大婶口口相传，说王永庆卖的米几乎不用淘洗，由此米店的生意开始红火起来。这就是王永庆卖米的第一招："眼睛向内"，即让自己的产品物有所值。还有口碑就是最好的广告，人气、人脉要靠货真价实来聚集，这种做法显然要比故意往米里搀杂杂物的人要高明许多倍。

一个大雨滂沱的夜晚，王永庆忙完米店的工作刚要上床睡觉，门外梆

梆地敲门。打开门一看，是铁路对面旅馆的厨师，说刚刚来了两个客人还没吃饭，恰巧旅馆里没米了，他叫王永庆送点米过去。王永庆卖的米一斤只赚一分钱，但为了信义为了父亲经常在他耳边说的那句古训："不惜钱者有人爱，不惜力者有人敬"，他没有钱，但有的是力气，王永庆量了米，冒雨给那家旅馆送了去。从此也开始了他的卖米第二招："送米到家。"别人送米顶多送到家门口就完事了，王永庆不然。他到主顾家，假如还有没吃完的陈米，就先倒出来，放到一边，他把这家的米缸清洗干净擦干，倒进新米，找来几张白纸放在新米上边，再把陈米倒上。如此精细化服务，简直物超所值。这些细节深深打动着每一个主顾，回头客自然就越来越多了。

王永庆还有第三招："巡视米缸。"他每次送完米，都拿小本本认真记下这家的人员吃米以及发薪酬时间等情况，在这家米还没吃完之前，王永庆准时出现。这是想顾客之所想，急顾客之所急，顾客的需要，就是王永庆的服务对象，如此做生意，如此去经营，事业怎能不兴旺发达。

王永庆在卖米当中赚了第一桶金，告诉我们凡事要多思所想，多从顾客的角度看问题，真诚、耐心地服务好顾客才是最好的销售技巧。

在这次学习中，老师在课堂上讲了一个关于如何让顾客持续消费的问

第三章
金凤凰——直销是修炼灵魂的道场

题,对我的启发非常大。

有一家健身房,推出了金卡、年卡、季卡和月卡的会员服务,如果我们是这家健身房的业务员,是应该给顾客主推金卡呢还是主推月卡?当时很多学员都选择主推金卡,因为金卡额度高,容易出业绩。但是老师却说出了相反的选择:应该主推月卡。

原因是来健身的人,大多数是需要健身的人,而不一定是有健身习惯的人,如果推金卡,他们可能第一个月能坚持来锻炼,但是到后面,因为没有养成健身的习惯,慢慢就不会来了。这样顾客会算一笔账,花了一大笔钱,就来了十几次,一次的费用平均下来很贵,觉得不划算,以后不来了。

而月卡便宜,并且头一个月顾客会坚持来锻炼,到月底,他同样来了十几次,他一算,哇,真划算,这个时候再让顾客续一个月,就会很容易。

三个月后,顾客养成了健身的习惯,就会成为健身房的常客。

这就是一锤子买卖与细水长流型买卖的差别。

从故事当中我们体会到了,做任何事情都要真诚的为顾客着想,只有

设身处地才能长长久久。

由于过去性子比较急,在交流的过程中,喜欢把自己的观点强加在别人身上,而这一次消费心理学的学习,让我明白了与人沟通时的四种地雷:

1. 好为人师;

2. 喜好评价;

3. 喜好争论;

4. 刨根问底。

这四点是我在沟通中常犯的失误,在沟通中,不但要避开这四种地雷,更要掌握正确沟通的要领:

1. 让人愿意坐下来;

2. 让人听得进去;

第三章
金凤凰——直销是修炼灵魂的道场

3. 让人心平气和；

4. 让人有面子。

在整个沟通的过程当中要注意自然、尊重、谦虚、微笑、语言平和等。

课堂上所讲的这些知识对于性子比较急的我，非常受用，也让我有了很深的感悟。

除了这些沟通的要领外，课程中还讲到决定服务品质的关键因素有两项：一项是事前期待；另一项是实际评价。例如我们过分放大事前期待的效果，没有关注实际评价的结果，也会造成消费者不会持续购买我们产品。

例如，当我们去修车的时候，有一个汽车行的老板说需要一上午才能修好，让我们回去等电话。但是过了两个小时，就接到电话说车已经修好了。

这其中"一个上午"是我们对这个车行的期待，"两个小时"的结果是我们对这家车行的实际评价。

但是有些车行不是这样，承诺一个小时修好，但是我们等了两个小时才修好。

但多数人遇到这样的情况，都会认为第一个车行的服务好一点，实际上两家车行都用了两个小时解决问题。

这就是事前期待与实际评价的关系。

人们对某一件产品的期望值越高，要求也就会越高。所以我们在服务顾客的时候不能轻易给顾客承诺太高。

我们要有十分的服务水平，八分的宣传力度。只有这样，容易让顾客产生物超所值的心理，容易让顾客产生信赖感。

整个把消费心理学的课程认真学习，并运用到实践当中，注意每一个步骤，理论联系实际加上真诚、耐心的对待每一个顾客……

就这样经过我不断的努力付出，不断的学习提升，不断求内在改变，18个月后，也就是2005年的1月份上到公司的高级经销商，之后也跟随公司去了马来西亚、法国、摩纳哥、韩国等国家旅游学习……

第三章
金凤凰——直销是修炼灵魂的道场

这时我们的顾客群也从广东延伸到广西、福建、海南、湖北、安徽等省份。

总结过去,当我急功近利地去做事情的时候,往往很难取得成果。当我脚踏实地,用专业知识和真诚、耐心的态度去服务每一个顾客的时候,销售业绩越来越好。

第七节 和谐美满的婚姻是事业做大的保障

随着我不断的努力,我的顾客群遍布了各省、各市。为了实现更大的成功,我把自己的时间安排的更加紧密,没有节假日的休息。

在我的概念里,这个世界上的事情只有两种:一种是对事业有帮助的事情;一种是对事业没有帮助的事情。而我的选择也只有一个,就是只做对事业有帮助的事情,不做对事业没有帮助的事情。在我的生活中,没有娱乐,没有休闲,更没有什么浪漫。我把自己的发条上的很紧,像一个只有工作没有感情的"机器人"。

从 2001 年开始,我就养成了一个做计划的习惯。每一周,我把事情分成四大类,并把他们认真地写到计划本上:

第三章
金凤凰——直销是修炼灵魂的道场

重要紧急的事情；

重要不紧急的事情；

不重要紧急的事情；

不重要不紧急的事情。

每一周我都按照自己计划本上的先后顺序去落实每一件事。不但如此，我还把一周的计划分别安排到每一天，只要当天事情没有做完，我就不休息，哪怕这一件事第二天起床可以很快处理好，而当晚却要费尽周折，我依然坚持当晚就做完。我严格按照"今日事今日毕"的风格来要求自己。因为在我的认识里，唯有成功才能让我有更大的安全感。

我这么自我要求，也这么要求我的先生，要求我的事业伙伴。不但自己成了"工作狂"，也要求我的先生变成一个"工作狂"。我不打麻将，不去KTV，不喝酒，不睡懒觉……只要我不做的事情，我同样也不让我的先生去做，只要他在我后面起床，不管他前一晚睡的多晚，我都会掀开被子，让他马上起床……我把我对梦想的追求压在了对方身上。

以至于那段时间我们吵架时,我先生经常会说:"我就是你棋盘里的一颗棋子,你把我放在哪一格,我就得在哪一格"。而我当时觉得这样没什么不对,我是在为他好,又不是在害他。因为我是一个有危机意识的人,"服从"我的安排可以让他少走"弯路"。当时的我完全忽略了他人的人生自由。

随着我"工作狂"成了惯性,做事计划成了惯性,做事严格成了惯性,做事要求高效率成了惯性……最终我的坏脾气也成了惯性,我的好胜也成了惯性,包括我对名利的追求也成了惯性。

在家庭生活中,只要一件事不和我心意,我就会发脾气。我先生和我都是有脾气的人,但是不管对方再凶,我都要让自己比他更凶,对方声音大,我要声音更大,对方摔筷子,我就要摔碗,总之,我要想尽一切办法来压过对方。哪怕是动手打架,我也要比对方多打一下。"压过他"就是我当时婚姻哲学当中唯一的信条。

我的先生是一个追求平衡生活的人,既要有工作,同时也要有休闲,也要有浪漫……这种与我的指导思想严重背道而驰的做法让我们产生了极大的分歧。

第三章
金凤凰——直销是修炼灵魂的道场

那段时间里,我不断"折磨"我的先生,只要他做了我认为与工作无关的事情晚回家,我就会紧闭房门,不让他进房间;只要他没有做第二天的计划,我就不让他上床睡觉……以至于那段时间我先生睡觉之前,我总要问他今天的工作做完了吗?总结了吗?明天的计划安排了吗?只有得到肯定的答案他才可以睡觉,只要有一点含糊,我就会一脚把他从床上踹下去……现在回想,当时的自己就像一只"母老虎"一样,任何一个男人都无法容忍我当时的作为。哪里有压迫,哪里就有反抗,我的先生也是一个性如烈马的人,所以他在极大地痛苦中作了一个极不情愿的选择,放开缰绳,跑到了他认为的温柔乡里去了。

就在我事业腾飞发展,有名、有利的时刻,我再次跌入了"深渊",经历了一个对于女人来讲最大的打击。人们总是在拥有的时候不懂得珍惜,失去之后才知道珍贵。我当时的痛不仅仅是因为先生的背叛,更因为他的这个动作深深地伤害了我的自尊。

我从来都没有想过这样的事情会发生在自己的身上,我是当年的形象大使,工作认真,自律又有事业心,有远大的目标,算得上是一个成功的女性……我怎么想都想不通为什么我会遭受如此不公正的待遇!

在我跌入人生"谷底"时的痛是物质上的,但这一次跌入"深渊"的

痛彻底撕裂了我的灵魂，让我顿时失去了人生的方向。一个女人一辈子是为情而活，感情的伤害是女人最难以承受的伤害。

那段时间，我经常爬到凤凰山的山顶，躲在没人的地方流眼泪，我不断问自己，这到底是为什么？我这一生到底要追求什么？生命的意义与价值何在？我不断思索，不断追问，但是依然没有一个答案，我甚至在山顶仰望天空，问天为什么要如此的折磨我，我经历的磨难还不够多吗？我希望上天能给我指明一条未来人生的道路，因为在我的眼前一片漆黑，看不到未来。

为了尽快从痛苦中走出来，我把自己关在一个黑暗的房间里写回忆录，写日记，写对方怎么不好，怎么不适合我，我写了100条以上，因为我要彻底忘记他，我要过单身贵族的生活。我不断与自己对话，所有的对话内容都是负面的。那段日子里，我的心里只有恨，只有痛，只有怨……

想不通就是一辈子，想的通就在一瞬间。

既然事业上的障碍都有解决的答案，我想感情上的挫败也一定有答案。人生所有的问题和难题都是有答案的，我依然为这些问题和难题在痛苦只能说明我还没有找到答案。

第三章
金凤凰——直销是修炼灵魂的道场

我思前想后，所能想到的办法只有一个，学习！学习可以找到一切问题的答案。刚好那段时间我们公司推出了一堂《自我生命的安顿与开展》，建立平衡和谐的价值观的课程，当时授课的老师是美国耶鲁大学哲学博士傅佩荣教授。

在课程中让我学习到要想过个平衡和谐的人生，就要达到健康、家庭、财富、事业、自由、心灵、朋友几方面的平衡发展。

而在当时我的字典里，只有财富和事业，那是我认为的快乐，但是其他人并不认为这样是快乐的，人的天性就是追求快乐，逃避痛苦。而我婚姻失败正是源自于不平衡和谐的发展。

通过那次学习让我感受很深，也让我更加认识到学习的重要性。我们上学，学校会发毕业证，我们学习专业技能，相关机构也会发给我们资质证，我们开车要学习理论和实践，然后相关机构发给我们驾驶证，但是唯独结婚，没有人学习过，也没有人相关部门发过任何"毕业证"。如果我们没有驾驶证开车叫无证驾驶，但是我们在领结婚证之前，不但没有经过相关培训，更没有经过专业考试，只要双方你情我愿，我们就能拿到结婚证。可以想象，如果夫妻双方在婚姻的道路上，都是"无证驾驶"，这是多么危险的事情。

在后来我去参加了《幸福工程学》、《国学》、《佛法》等课程，让我找到了答案。

人之所以累是因为人身上始终带着四把刀：舍不得，放不下，忘不掉，想不开。那段时间里我感觉不幸福的原因是因为我心中存在着大量有害无益的垃圾无法清理，才使自己痛苦不已。同样，人之所以感觉幸福就是我们心里像保险箱一样只保管最贵重有益的东西，这样才会觉得自己是幸福的。当时我用一个比喻彻底让我从忘不掉的痛苦中解脱出来。

每一个人都有目标，事业有目标，财富有目标，婚姻也应该有目标。**目标大问题就小，问题大是因为目标小**。如果我们在婚姻经营中的目标只是建立一个"鸡窝"那么小的建筑，这时被人偷走一包"水泥"，我们一定会去计较。但是婚姻经营的是一辈子的幸福，我们把他比喻成建一个"帝王大厦"那样的高楼，如果这时被人偷走一包"水泥"，哪怕是两包"水泥"，我们还会去计较吗？所以我应该把我一辈子的婚姻经营的目标放大一点，把对方的过错和背叛当成是别人偷走了一包"水泥"而已。

目标大问题就小，问题大是因为目标小。

第三章
金凤凰——直销是修炼灵魂的道场

女人的心胸也应该随着我们事业的壮大而不断地自我调整。

女人是男人的港湾,当事业做到一定大的时候,男人不仅属于家庭,他更属于社会和国家。在创业初期,男人就像"独木舟",所以可以停放在小"山洼"里;随着事业的发展,男人变成了小"帆船",他就要停靠在"小河"里;男人继续在事业中成长,男人变成了大"邮轮",他就要停靠在"大江"、"大河"里;最后,男人会变成一艘"航母",他就只能停靠在"大海"里。所以女人要伴随着男人的成长而成长,如果自己仅仅是一个小"山洼",怎么能留的住已经成为大"航母"的老公呢?

当一个人用恨来看待这个世界的时候,一切都是错的,对方全是缺点;当一个人用爱来看待这个世界的时候,一切都是对的,对方全是优点。其实我先生是一个正直、大方、义气、孝顺、社交能力极强、有社会责任感和使命感的好男人,过错是一时的遗憾,而错过是一辈子的遗憾!

过错是一时的遗憾,而错过是一辈子的遗憾。

认识到这一点之后,我改变了自己,再次接受对方的时候,一切都发生了变化,后来我和先生共同参加学习了很多有关婚姻经营的课程,并且共同学习了国学知识,还阅读了很多婚姻经营方面的书,例如《婚姻经营》、

《生命无价》、《做个好女人》、《阴阳维系》等，也阅读了很多国学中的关于婚姻经营的书籍《女训》、《女德》等。通过这些学习，让我们慢慢找到了如何经营好婚姻的答案。

在我们所学的内容中，既有西方的思想，也有东方的思想，西方思想教给我们方法，东方思想让我们在婚姻经营上变得智慧。

西方思想告诉我们：

所有好老公都是好女人的老公，所有好老婆都是好男人的老婆。

同样推理，

所有坏老公都是坏女人的老公，所有坏老婆都是坏男人的老婆。

因为人与人之间会互相影响，不是带来好的影响，就是带来坏的影响。而我们每天接触最多的就是自己的家人，就是夫妻之间。按照这个辩证方法，我也不用埋怨我的先生，因为我也不是什么好女人。

第三章
金凤凰——直销是修炼灵魂的道场

当一个人开始从自己身上找原因的时候，很多事情就能很快放下。**检讨自己是成功的开始，检讨别人则会让失败延续。**

检讨自己是成功的开始，检讨别人则会让失败延续。

通过学习，还让我知道男人和女人之间有着巨大差别，特别是心理活动和价值观：

男人一辈子是为了面子而活，女人一辈子是为了情而活；

男人是穴居动物，受伤后喜欢躲起来独自舔伤口，女人是群居动物，受伤后喜欢到处找人去诉苦；

男人看重女人的现在，女人看重男人的未来；

男人话少，女人话多；

男人是被女人折磨长大的，女人是被男人骗大的；

男人的方向感强,女人的方向感弱;

……

正是因为男女之间有如此大的差异,才让彼此之间难以沟通,产生磨擦。

东方思想告诉我们:

男女关系也要遵循阴阳的理论。就像中国五伦关系中所讲的那样:夫妇有别。

夫妇有别的意思其实就是男女在本质上有区别。丈夫有丈夫的道,妻子有妻子的道,各行其道就家庭和谐,互相占道就会纷争不断。

在古文中,"道"指规律。《易经》中说:一阴一阳谓之道。其实中国的文化,从根本上讲就是阴阳的文化。世间万物都有阴阳属性,有天就有地,有男就有女,没有一个物质是单独存在的,都能找到和它所对立的物质。

第三章
金凤凰——直销是修炼灵魂的道场

天属阳,地属阴,天地交感而生发万物,这便是天地宇宙之道。

男人属阳,好比天;女人属阴,好比地。没有大地承载万物,就不会有风云变幻的美景。如果没有地的支持,天将失去归宿;如果万物没有天的空间来运化,也不会有如此多姿多彩的山河景色。历史上所有成大事的男人背后一定有一个贤德的女性在支持他,因为她们都懂得夫妇之道,懂得夫妇有别,懂得各自走好各自的道,就是最大的成功。

男人属阳,好比外,女人属阴,好比内,一个事物,只有内外结合才能形成最大的合力,如果只有外没有内,这个事物是空的,没有力量;如果只有内没有外,这个事物无法呈现在人们面前。所以男人主外,女人主内,内外结合,相得益彰。

……

这就是人伦之道,我们的婚姻不和谐,就是因为不懂得这个"道",女人不愿意承担女人的道,男人不愿意承担男人的道,最终生活全部乱套。

阴与阳,并不是谁比谁强,而是相互补漏,谁缺了谁都无法单独存在,这或许就是结婚的意义所在,也是古人所说的先成家后立业的原因。

夫妻之间就是最小的团队，夫妻关系也是团队建设的"练习场"，如果我们连夫妻关系都经营不好，又如何经营好自己事业的大团队呢？

通过这些学习，让我们深深地明白婚姻中存在的问题，也不断回想过去的种种经历，发现自己错的多，先生对的多。自己以前不懂得男人和女人的区别，也不懂得各自的道，过分张扬自我，过分占有了本是我们一起创造的荣誉和功劳，把自己变成了一只"母老虎"，没有遵从女人应当性柔如水的天性……

在我们的学习中，越来越体会到什么样的婚姻是最稳固的，也就是夫妻共同学习型婚姻。**人的幸福不会自动到来，幸福是一种知识与能力的结合和运用，更是用心经营的结果。**在经过学习之后，我们再遇到分歧或者问题，都懂得退让和自我调整，并且更重要的是我们开始理解和包容对方的过失，检讨自己的不足。我时常提醒自己要时刻做好媳妇应该做好的事情。

> 人的幸福不会自动到来，幸福是一种知识与能力的结合和运用，更是用心经营的结果。

"媳妇"中的"媳"是一个会意字，一个"女"字旁，一个平息的"息"，

第三章
金凤凰——直销是修炼灵魂的道场

也就是说一个合格的媳妇,懂得在家庭的各种纷争中周旋并且将其巧妙地平息,是和睦一家的吉祥使者,对人平等,齐满一家。媳妇应当性如水,知足常乐,和颜悦色,成为一家的喜星。上孝公婆,中和妯娌,下慈儿女,助夫成德,报效社会,立身行道,扬名显亲,才能家道长久,福禄长存。这些成了我婚姻哲学当中的指导原则。

我先生也在学习中深刻领悟到做丈夫应该履行的夫道。男人是一家的栋梁,要能明理,领妻不管妻,男人要懂得自律珍惜(自律才有自由),男人做到位,则家中少灾难。好男人要顺逆当头,安然自在,勇于承担一家的责任,以理服人,家人有过错反而自己内心生惭愧之心。

当双方都"内观"的时候,婚姻才能够和谐长久!

改变自己是自救,改变别人是"救人",我们不但自己的婚姻关系得到了改善,还经常开设《如何经营好婚姻的课程》,用自己亲身经历,帮助那些依然处在"无证驾驶"的家庭,改善更多人的家庭关系,让更多的人能够实现婚姻和谐。

改变自己是自救,改变别人是"救人"。

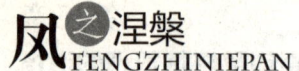

　　经过这一次变故,让我更加成熟,也让我更加珍惜和感恩所拥有的一切,并且懂得工作和生活协调发展。也是这样一次经历,让我对自己的事业有了新的认识,为实现进一步的发展奠定了思想上的基础。

第三章
金凤凰——直销是修炼灵魂的道场

第八节 坚定不移的信念是成功者必备的品质

当我再次看到自己当初写下的事业分析报告,看到保罗·皮尔泽讲到保健产业是第五次财富再分配的机会,我都充满力量,我感觉我们处在一个绝佳的时代,并且一定会把握住这次机会,就像1908年把握第三次财富再分配的福特(汽车产业)和1980年把握第四次财富再分配的比尔·盖茨(IT产业)一样,走在机会的前面。跟他们比,我所取得的成绩根本不值一提,但这种好胜心理驱使我们乘胜追击,福特和比尔·盖茨成功把握机会的案例像一针强心剂一样充满力量,并且这种力量像磁铁一样,散发出一股强烈的吸引力,吸引着我和先生朝着更大目标前进!

成功学领域经常提到——目标定其高,得其中;定其中,得其低;定其低,会得其无,为了激励自己能够做出更大的成绩,一定要在30岁之

前实现财富自由,提前退休。我必须按照更高的标准设定目标。我未来要住什么样的房子?要开什么样的车子?是怎么生活的?

我把想象中,商业巨富该住的房子、该开的车子、该拥有的个人商务大厦……等全部制作成样板图贴在自己的房间里,每天早上我睁开双眼,首先看到的就是自己的梦想,当我设立了这个目标之后,就如同开足马力的发动机,充满力量。

我们每一个人要在事业上有所发展,"强烈的成功欲望"都是必要的条件,一个人的"企图心"不够,行动力就一定不够,行动力不够,结果就一定不会是自己满意的。

一个人"要"的少,所收获的就不会多;一个人"要"的多,所收获的就不会少。"成功的欲望"就如同我们事业道路上的"发动机",欲望越大,"发动机"的马力越足,欲望越小,"发动机"的马力就越小。

历史上各界成功人士,每个人都有一个强烈渴望在自己所从事的领域里成功的心,正是这种强烈的欲望,使他们达到自己的目标。

斯潘琴曾经说过一句话:很多人的生命之所以伟大,都来自于他们所

第三章
金凤凰——直销是修炼灵魂的道场

承担的苦难。

对于我也是一样,我童年的经历和与众不同的校园生活让我从小就树立了自己的梦想,我必须通过自己的努力脱离苦难的生活,因为除了我自己,没有人可以拯救我的生活,我不能向贫穷屈服,不能让贫穷的生活继续在我生命中延续……

我一定要让自己成为一个对社会有价值的人,并且还要把自己成功的经验告诉更多的人,帮助他们实现成功。

当我获得第一届乡镇形象大使之后,记者采访我:做形象大使后第一件要做的事情是什么?

我当时回答记者:我要举办个人励志讲座,希望那些有梦想没方向,有想法没平台的人能像我一样得到改变和成功。

现在回想,那时候的想法是空洞的,因为自己都没成功,拿什么来激励别人呢?

一个人只有自己是实践者才有资格成为分享者,一个人只有自己亲身

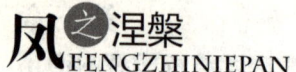

经历的事情别人才愿意听。

在"直销事业"中我实现了这个梦想,而且"直销事业"正是帮助别人、成就自己的事业。

一个人只有拥有强烈的欲望,拥有不达目的誓不罢休的决心,拥有一个非成功不可的理由才能更快更稳健的走向成功。

现在回想,正是因为自己之前所经历的苦难,让自己拥有了一颗强烈渴望成功的心,才使自己拥有了更大的动力,改变了自己的命运。

超强的自律和付出是我时刻要求自己的准则。

这个世界上的事情分为两种,一种是自己应该干的事,一种是自己想干的事。

马云曾经说过一句话:一个人成功,不只是因为他知道自己应该做什么,而是因为他知道自己不能做什么。

第三章
金凤凰——直销是修炼灵魂的道场

> 马云曾经说过一句话：一个人成功，不只是因为他知道自己应该做什么，而是因为他知道自己不能做什么。

我一直告诉自己，只做那些"自己应该做的事"，只做那些对事业发展有帮助的事；不做"自己想干的事"和自己喜欢干的事。

当时，在我脑子里回响着一句话：要想人前显贵，必先人后受罪。

这句话成为我当时处理事情的标尺，我把年度计划、季度计划、月度计划都贴在办公室的墙上，贴在家里的墙上，时刻提醒自己。每天晚上一定要把第二天的计划，写到计划本上之后才睡觉。第二天我会按照先后顺序，依次完成，完成之后，就在计划本上将这件事情划掉。这种严格的自我要求，让我的时间合理利用，从来不拖延事情的进度，今日事，今日毕，时刻只做最有生产力的事。有时，难免会遇到麻烦事，我提醒自己，不要怕麻烦，因为麻烦的事始终是要解决的，晚解决不如早解决。我时长提醒自己"今天锻炼了，明天就熟练了，今天不锻炼，明天还得继续锻炼。"

想要比别人更成功，先要比别人更付出。就像邓亚萍一样，从七岁开始每天都要求自己接、打球一万多个，最后她成了乒乓球领域里的传奇人

物；乔丹也是一样，在他的职业生涯中，每天都是第一个到训练馆，最后一个离开，并且每天投进1000个球才会结束一天的训练，十几年如一日，这才成就了他在篮球领域的神话。

想要比别人更成功，先要比别人更付出。

在韩国的一所中学里，有这样一位老师：他每天要求学生将自己当日所学课程从头至尾抄写八遍，而自己很少对作业进行检查。刚开始全班都很积极地去完成，但后来大家渐渐地松懈下来，有的同学每天只写三四遍敷衍了事，甚至有的同学则是得知老师要检查才匆匆赶写应付。

转眼到了期末，老师决定对整个学期的作业进行全面检查，结果发现全班只有一个人是从头到尾、一丝不苟、不折不扣地完成了每天都需要写八遍的作业，这个人就是联合国秘书长——潘基文。

潘基文在抄写作业的过程中，他发现每抄写一遍自己对所学知识都会有新的认识和更深的理解，他是在用心的抄写，而不是机械的抄写，敷衍了事。在一遍遍的抄写中他获得了充实。

第三章
金凤凰——直销是修炼灵魂的道场

> 就像马云说的那样：今天很残酷，明天很残酷，后天很美好，但是大多数人都死在明天晚上，等待不到后天黎明的到来。

我提高自己毅力的第一个方法是把自己未来想过的日子用一段话描述，例如要住什么样的房子，要开什么样的车，要有什么样的心灵状态，做什么样的慈善……然后把这段话写到我每个笔记本的第一页，每当我要做计划的时候，会打开第一页看一遍；每当我整理学习笔记的时候，同样会打开第一页看一遍；每当我整理客户资料的时候，还是会打开第一页看一遍……每一个本子，同样的话，每当看到这段话的时候，我就充满了力量。

我还把自己想住的房子，想开的车子等全部制作成样板图放在自己的房间里，每当我早上睁开双眼，首先看到的就是自己的梦想，这个方法可以让我每天增强自己的毅力。

提高毅力第二个方法是永远让自己处在一个积极乐观的环境里，我们每个人都是社会性的动物，每个人都要受到周围环境的影响，要么被负面的人和事消极，要么被正面的人和事积极，我为了让自己充满能量，会主动寻找有能量的人合作或学习。

第三个方法是逐级接近目标。很多人都懂得目标对一个人实现人生价值非常重要，但是如果只有目标没有一个实现目标的计划，这个目标就很容易落空。

逐级接近目标是实现人生终极目标的妙方，我自己发明了一个爬山理论。

有一次我邀请同事、朋友们一起去爬深圳的梧桐山，一开始很多青壮年男士爬的很快，另外一些人看到自己和他们的差距越来越远，心里很着急，也乱了步伐，紧追慢赶。而我从一开始，就按照自己的节奏，不急不慢的前进，当爬到一半的时候我发现那些刚开始爬的很快的男士坐在路边的石头上休息，因为前期他们消耗了太多的能量。当我超过他们的时候，他们又用很短的时间超越我，然后坐在路边休息。而我始终不急不慢按照自己的节奏前进，我没有直接把目标定在山顶，而是大约一千米为一个小目标，每完成一个目标，我都知道自己离终极目标山顶更近了一些。到最终，我是第一个爬上山头的。

我们从事"直销事业"也是一样，刚开始业绩大与小或者快与者慢都不重要，重要的是按照自己制定的计划，一步步去实现，最开始跑的快的，并不一定是第一个登上山顶的。但是也不要让自己的速度太慢，因为速度

第三章
金凤凰——直销是修炼灵魂的道场

第九节 有博大的胸怀才能有博大的事业

风雨过后方见彩虹，只要方向对了就不怕路远。就这样一路高歌奋进，到 2008 年年底，我们成为了 P 公司最高级别的经销商，当初跟随我们一起创业的伙伴，一部分也成为公司高级经销商，专卖店也开设到了几百家，我们成为了当时公司最年轻，时间最短达到这一级别的经销商。先后跟随公司游历 20 多个国家，30 岁不到就实现了财富自由，我们出现在各种会议的讲台上，出现在别人抓拍的镜头里，成了年轻人标榜的典范，每逢聚会等场合，必被奉为上宾对待。周遭人士的溢美之词与吹捧，如梦似幻的赞赏、美誉、光环……在这个被称为寸土寸金的都市，我们有了自己舒适的居所，开上了名车，这些伴随成就而来……尽管我们仍不断保持自我警惕之心，可是"我这一路来这么努力，也交出了一张漂亮的成绩单，别人这样对我，应该也不为过吧！"不知不觉心里的某个角落开始萌生傲慢之心。

团队中有些领导同样也"享受"着这样的赞誉、鲜花和掌声,甚至有些人开始躺在功劳薄上享受生活。

我发现这样的情形,马上惊醒,告诉自己,别人的赞誉是对自己的肯定,千万不要迷迷糊糊就被别人"捧杀"了。

团队中有些领导开始停滞不前,是因为格局还不够大,目标不够大,真正的直销领袖都是永不满足,勇攀高峰的人。

大格局才会有大智慧。所谓"猪圈难出千里马,盆栽难养万年松",如果自己格局不够大,跟随自己的人就很难成为"千里马"或"万年松"。

不管我们做出什么样的业绩,享受多少赞誉,我们都要非常清楚的知道自己是怎么成长起来的,千万不要直起腰板之后就忘记了如何弯下腰做事。有些领导者坐在了"教授"的位置上,开始谈论"教授"们谈论的话题,这本没有错。但我有一种担心,因为当初在我们还是"小学生"的时候,似乎听不懂"教授"们的话。不管身处什么样的位置,面对"小学生",我们依然要讲他们能听得懂的话,依然要伴随他们一起成长,依然要从最基本的一加一等于二开始教起。学、做、教三个阶段,并不只是做"教授"教的这一个阶段。

第三章
金凤凰——直销是修炼灵魂的道场

领袖不是你所处的那个位置和头衔,而是非权力型的影响,它是个人素质、品德修养、人格魅力凝聚而成的无形力量,是我们修养和以身作则形成的无声感召力,只有这样才能持久和强大。

> 领袖不是你所处的那个位置和头衔,而是非权力型的影响,它是个人素质、品德修养、人格魅力凝聚而成的无形力量,是我们修养和以身作则形成的无声感召力,只有这样才能持久和强大。

要想具备非权力型的领导力,就要提高自己的胸怀修炼,做到厚人薄己,容忍长短,承担责任。

一个优秀的领导人懂得放手让自己的合作者自由成长,让他们通过自己的经历去感悟和提升。

一个伟大的领导人,是懂得把领导者的位置让给自己合作者的人,是懂得尽快培养追随者成为领导人的人。这样的领导者会给跟随的人一个舞台,让他们充分的施展自己的才华,甚至可以退居幕后去协助他们。让这些未来的领导者有优异的表现,真正让他们脱颖而出。

就像松下幸之助提到如何领导时说的一段话：

"当员工人数达到100人时，我必须在员工的最前面，身先士卒，发号施令；当员工的数量增加到1000人时，我必须站在员工中间，恳求员工鼎力相助；当员工人数达到一万人时，我只要站在员工后面，心存感激即可。如果员工增加到5万人到10万人，除了心存感激还不够，必须双手合十，以敬佛的虔诚之心对待他们。"

松下幸之助对自己的员工如此，而今天在直销中我们不是雇佣关系，而是合作关系，更应如此。

与此同时，我从实践成长中还明白了不要在销售队伍中把快速成功的个例当成案例去推广，事物的发展都需要一个阶段，就像种植、施肥、浇水、开花、结果、收获这个过程一样，每个人在任何领域里获得成功，都需要一个过程。在直销中更是如此，直销是累积消费者的过程，即使某个人在短时间内取得了一些结果，这也只能当做个例去分析，而不能让所有人当做标准去追逐。事业发展过程中，快固然重要，但是按照正常速度发展的人未必在未来会输给前期速度很快的人。就像有些小孩在十几岁之前个头一直不高，是同龄人中比较矮的，但是在某一年或者某两年里，个头猛长，超过了很多之前比他个头高的同龄人。相信每个人在自己的成长过程中，

第三章
金凤凰——直销是修炼灵魂的道场

第十节 用文化提升自己的灵魂

30年对一个人来说，不算长也不算短，幸运的是在而立之年，我们的事业已经取得了一些小小的成绩。

对于创业阶段的我来说，我根本不知道什么叫放下，更不知道为什么要放下。后来经过在公司学习传统文化，让我找到了原因：

在过去我是一个极度没有安全感的人，我的经历告诉我，所有的一切都必须牢牢的抓在手中，有了金钱，我会把金钱牢牢抓住；有了团队，又想把团队牢牢抓住；有了爱情，又想把爱情牢牢抓住；有了头衔，头衔又放不下；有了权力，权力也放不下……

就是这些所有拥有的东西,让我把自己的幸福的钥匙交到了别人的手里。

聪明的人是不需要时刻被教育的,但是他需要时刻被提醒。我以前的脾气性格,很难接受别人的建议,最后就出现了没有人给我提建议,曾经一段时间,我一度认为是因为自己身上没有缺点而别人不提建议,现在回想,是别人不敢提建议或者提了建议也没有用。

动不动就火冒三丈是我以前常有的状态,只要稍不顺心,气就从脚趾直冲发梢,根本无法控制,后来我在一本《遇见未知的自己》的书上看到:一个经常生气的人,体内形成大量的生气细胞,专业名词叫"胜肽"。而这种生气细胞到一定的程度就会饥饿,只有再刺激生气才能喂饱这种生气细胞,这样又要激化我生气。当时我的体内充满了这种细胞,人就会更加容易生气。长期处于这种容易生气的状态下,我们的细胞之间就会建立起长期且固定的关系,久而久之会形成一个情绪模式,再次遇到类似的情况,就会自然进入这种情绪模式之中。

就像我们每个人心中都有两个我一样,一个是"小我","小我"所带给我们的情绪是羡慕、嫉妒、恨、抱怨、不理解、怀疑、暴躁、虚荣等情绪;另一个是"大我","大我"带给我们的是包容、理解、信任、真诚、

第三章
金凤凰——直销是修炼灵魂的道场

后来通过学习中国的传统文化，让我明白宽容是一种无声的教育，做人要懂得宽容。当别人犯错的时候，训斥不一定能够起到作用。有时候宽容一下给对方提供一个冷静反省的空间，反而会使其改进。特别是在团队建设当中产生的磨擦误会，宽容别人同时就是宽容自己。给别人一个改过自新的机会就是给自己一个宽阔的空间。世人无尽的烦恼大都是由一些小事引发的，很多时候都是自己太过执着而已，现在再回头看看当时那些让自己难以释怀的事情，都已经变的微不足道了。

一个成功的人不是你财富的多寡，也不是你的事业有多大，而是多少人因为你的存在，生活变得更有意义。

> 一个成功的人不是你财富的多寡，也不是你的事业有多大，而是多少人因为你的存在，生活变得更有意义。

物质文明建设固然重要，没精神文明建设物质文明怎么会得以长久。

一个企业必需有厚重的文化做载体。厚德方能载物，人靠能力、技巧、勇气硬拼硬闯，固然能得到一些成绩，但真正要获得大的成就，持久的成功，必需有德行做根基。"百金财富，必定是百金人物；千金财富，必定是千

金人物",而这个人物,必须是一个有良好德行的人、一个思想富有的人、一个人格圆满的人。成功不是指单一的物质财富,更是一种思维方式。很多人来跟随我们,是希望跟我们一样获得物质上的丰足。真正的企业家,必须是有社会使命感的人,必须是一个教育者和榜样。基于此,我们开始在团队里推广国学文化。优质的产品,专业的知识,加上正确的方法,迟早可以得到好的结果。但好的品行是需要长时间慢慢修炼的。

蔡元培曾说:有良好的社会,必须先有良好的个人,而好的个人是教育出来的。教育可以让华夏民族长存五千年(四大文明古国,仅存的一个);教育可以让家族长存两千年。所以让一个人外在富足之前,先教他有一个富有的心理,最好的教育就是自己做出榜样。

这些年走过来,让我感悟最深的就是"爱",爱对我们来说太重要了。

一个人心中有爱,多大的问题都不是问题;一个人心中无爱,再小的问题也无法逾越。我们一生当中,所要跨越的不是万丈沟壑,不是雪山草地,而是心中关于爱的那个壁垒。

> 一个人心中有爱,多大的问题都不是问题;一个人心中无爱,再小的问题也无法逾越。

第三章
金凤凰——直销是修炼灵魂的道场

爱让我们学会做人，一个不会做人的人成功是在暂时的，一个会做人的人不成功也是暂时的。

> 爱让我们学会做人，一个不会做人的人成功是暂时的，一个会做人的人不成功也是暂时的。

爱让我们扩大格局，一个没有爱的人，不会有博大的人生格局，一个拥有爱心的人格局可以容纳天地。

人生最圆满的境界就是到达心灵的自由，不再被外界所束缚，心中充满爱，愿意去帮助那些需要帮助的人。

这个世界上有两种事不能等，一种是孝顺，一种是行善。无论是贫穷还是富有都应该勤俭节约，这样贫穷才会变的富有，富有才会变的更富。为善，虽一介寒士，人服其德；为恶，虽位居人臣，人议其过。**高尚的布施不在于财富的多寡，而在于高尚的布施心，真正无价之宝，不在于价值连城的古董和钻石，而是爱心和慈善。**当我们给那些需要帮助的人们以帮助时，我们的善德就是一种无价之宝。其实一个人真正的信仰不是要去顶礼膜拜，而是要去多做好事。

> 高尚的布施不在于财富的多寡,而在于高尚的布施心,真正无价之宝,不在于价值连城的古董和钻石,而是爱心和慈善。

就像《周易》里所讲的那样:"积善之家必有余庆,积不善之家必有余殃;作恶不灭,前世有余德,德尽必灭;为善不昌,前世有余殃,殃尽乃昌。"

如果把我们的人生比喻为三层楼,第一层是衣、食、住、行,这些基本要素也就是实现人生财富自由;第二层是琴、棋、书、画、剑、诗、歌、茶、酒、花,也就是实现人生时间自由;第三层是布施、大爱、奉献,也就是实现人们心灵自由。第一层是人最基本的需求,如果没有第一层的满足,人们是没有心情和精力去爬第二层、第三层的。在直销的后期我一边做团队文化建设,一边带领团队践行"我奉献、我快乐,我助人,我快乐"

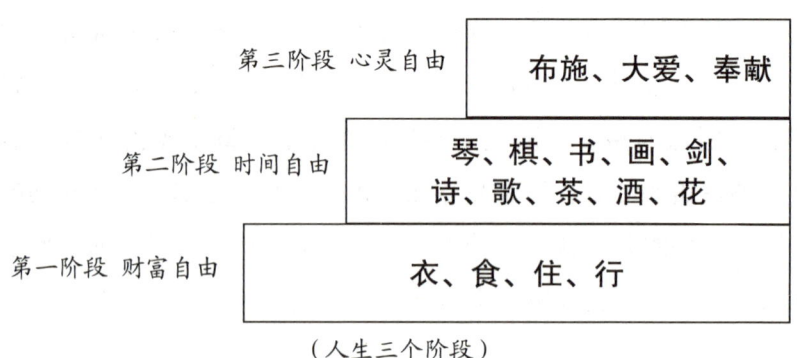

(人生三个阶段)

第三章
金凤凰——直销是修炼灵魂的道场

的慈善理念。

带领一群人创富，只有物质层面的富有只能叫"暴发户"。唯有精神世界的丰富与外在物质丰富的高度合一，并开始给予、回馈社会的时候，才是真正的富有。

之后，我们开始带领事业伙伴迈向心灵创富的领域，先后共资助贫困学生和失学儿童、病人和孤寡老人100多人；跟随公司给汶川地震灾区、玉树地震灾区、湖南雪灾、西部母亲水窖等捐助款项；去监狱为服刑人员授课及做心灵辅导，给个别服刑困难户以物质的帮助……

千手观音的表演者邰丽华曾说："只要心中有爱，你就会伸出一千只手去帮助别人，只要心中有爱，就有一千只手伸出来帮助我。"当我心中拥有爱时，我才真正拥有了打开这个五彩世界大门的钥匙！

30岁，我的人生才刚刚开始，我知道我还有很多地方做得不够好，与其说我是成功的，不如说我是幸运的，幸运的是我在十年前就知道了直销的资讯，把握了机遇。幸运的是我选择了P公司的创业平台，感谢公司良好的文化对我们思想的熏陶，让我们财富增长的同时也让我们的精神世界不断的净化与提升！感谢公司一直严格用高品质的产品做我们坚强的后

盾！准确的说，是 P 公司让我有了今天的成就。

感谢所有关心帮助过我的老师们！他们犹如我前进路途中的灯塔，让我看清了未来的方向；是他们给予了我信心和力量。

感谢相信和跟随我的所有伙伴！他们才是这一切荣誉和成就的缔造者。

感谢曾经欺骗、鞭打、绊倒、嘲笑、打击过我的人，是他们促使我变得强大。

感谢我的先生——也是我最亲爱的战友，几年来风雨兼程，伴随我成长！是他的那份包容、理解、付出和爱给了我最完美、最幸福的人生。

感谢我的母亲，是她的那份慈爱、无私、坚强、勤劳深深地影响了我；是她给予我一切！

感谢伟大的祖国，让我们有了一个安定和谐的创业环境。

感恩所有人，感恩所有的一切！

附录 Appendix

我的人生信条与格言

附录

🖋 我不但要让自己经得起失败,更要让自己经得起成功。千万不要因为眼前的利益和成就蒙蔽了自己的双眼。

🖋 今天要勇于去与强者同行,敢于麻烦强者。明天才有机会与强者平起平坐。

🖋 世上没有天生的强者,强者是磨炼出来的。

🖋 当我把问题解决了,我的能力就在问题之上;当我不去解决这个问题,我的能力就永远在问题之下。只有能力在问题之上,才能自然的成功。

🖋 经历磨难的身心,才会变得强健。

🖋 如果我放弃而让自己失败了,吃再多的苦也不会有人在意;而如果我坚持让自己到了成功的时刻,我所有的经历在都会变成传奇。

🖋 鸟的翅膀长在身上,人的翅膀长在心里。我们每个人飞的高度由自己决定。

🖋 只有我们接纳所有的人,才能被所有的人所接纳。

🖋 今天不用思想引导别人,明天就会被别人思想的引导。

🖋 今天锻炼了,明天就熟练了;今天不锻炼,明天还得继续锻炼。

- 我认为一个能让我持续成长的行业，才有机会为我带来源源不断的财富。

- 今天把自己放得最低，明天才有机会爬到最高。

- 想要过上与众不同的生活，就要有与众不同的想法和做法。

- 决不能因短暂的成就而让自己坐在高高的背椅上昏昏欲睡。

- 所有有影响力的人都有自己的气场，每当我走出门口的那一刻都要告戒自己，我的额头上写满：我很自信、我很快乐、我很幸福、我很精神……跟着我很有安全感。

- 对上：择其善者而从之，择其不善而改之。对下：人不服我我无能，我不服人我无量。

- 没钱要谦虚，有钱就更要谦虚。

- 一个懂得时刻尊重别人的人，才能彰显一个人的品德是否高尚。

- 作为一个领导人，我们必须放弃有限，赢得无限，不仅独善其身，还要兼善天下。

- 成功的领导人应该像棉花一样给人温暖，却不会带来压力。

附录

- 任何时刻都不要由于外界任何因素影响自己对目标的追求。

- 今天认为自己是了不起的,这个世界上永远有人比我们更了不起;今天认为自己是不幸的,这个世界上永远有人比我们更不幸。

- 幸福就是珍惜得多,计较的少。

- 幸福就是用最少的悔恨面对过去,用最大的爱面对现在,用最多的梦想面对未来。

- 当我们把身份、地位、名誉、权力全放下的时候才能感受自由快乐。

- 相信任何一种安排都是上天给予人生的一堂课。

- 人家不会听我们怎么说,只会看我们怎么做,一个人的说服力,永远比不上一个人的影响力。

- 企业家学习的迅度决定企业成长的迅度,同样我们自己的学习速度也决定了整个团队发展的迅度。

- 谋一时者无法谋一世,谋一世者方可谋一时。

- 成功的人不是跌倒了多少次,而是最后一次我们能不能站起来。

凤之涅槃
FENGZHINIEPAN

- 日事日毕，日清日高。

- 空空的口袋不能阻碍我的将来，空空的脑袋我就一定没有好的未来。

- 年轻很值钱，但不努力就不值钱了。

- 若要人前显贵，先要人后受罪。

- 与其羡慕别人成功的结果，不如效仿别人成功的过程。

- 当我们顿悟之时，就是我们成长之时。

- 要用我的坚持来赢得别人对我的支持，因为一个理念和一个信念坚持到一定的时候，很多人才开始为我们坚持。

- 解决压力的方法就是直面问题，当机立断、马上行动。

- 事业的成功不仅是财富的累积，更是能力的累积。

- 你能够做到的事情我做不到，我能够做的事情你做不到，大家一起合作什么事情都有可能做到。

- 爱人者人恒爱之，敬人者人恒敬之。

附录

🖋 在任何时候我都会提醒自己,今天我还没有资本生气,没有资本骄傲,没有资本放纵自己。

🖋 人最大的能量就是快速调整并改正错误,成功是留给那些坚持和反省的人。

🖋 美丽可以让人停下来,智慧可以让人留下来。不但要让自己美丽,更要让自己有智慧。

🖋 不经过磨练的翅膀,飞不上万里高空。过份的依赖于别人,永远掌握不了生命的真谛。

🖋 人生保持自律才能有更多的自由。

🖋 要想比别人更成功,先要比别人更付出。

🖋 事业的成功就是内心成就的外在映射,我不学习,不修炼内在,就没有足够的力量来跨越事业发展过程中的障碍。

🖋 有博大的胸怀才能有博大的人际关系,有博大的人际关系才能有博大的事业。

🖋 习惯的力量就是这么大!当我养成一个好的习惯时,我也就离成功不远了;但是如果我养成的了一个坏习惯,就会发现想成功是那么的困难。

🪶 前半辈子我们培养习惯，后半辈子习惯培养我们。

🪶 每一个人的成长都有自己的人生轨迹，每一个人都有自己修炼灵魂的道场。所以我们对一个人最高境界的尊重，就是给他足够大舞台让他发挥生命的价值。

🪶 我们应该成为包罗万象，求同存异的领导人，只有这样才能让团队百花争鸣。

🪶 我每一次的提升都是由内而外，没有内心的提升就没有我外在的壮大。

🪶 一个人只有经历过地狱般的折磨才有征服天堂般的力量。

🪶 人生最圆满的境界就是达到心灵的自由，只有这样才能不被外界所束缚。

🪶 成功不是我财富的多寡，也不是我的事业有多大，而是有多少人因为我的存在，而生命变的更有意义，而生活变的更幸福。

🪶 当我们心中有爱，多大的问题都不是问题；当我们心中无爱时，再小的问题也无法逾越。

🪶 爱让我学会做人，一个不会做人的人成功是暂时的，而一个会做人的人不成功也是暂时的。

附录

🍃 高尚的布施不在于财富的多寡，而在于高尚的布施心，真正的无价之宝，不在于价值连城的古董和钻石，而是我们的爱心和慈悲心。

🍃 无论是贫穷还是富有都应该勤俭节约，这样贫穷才会变得富有，富有才会变的更富。

🍃 人若沦为欲望的奴隶，便会丧失心灵的宁静。只有放下过去的烦恼，不担忧未来，不执著现在，我们的内心才能变得平静。

🍃 当我们心中种满美德时，杂念则无生存之地。

🍃 不是别人让我们痛苦，而是我们的修炼不够。

🍃 没有贪爱没有憎恨，人生就没有束缚。

🍃 千万不要把我们幸福的钥匙交给别人来保管。

🍃 时时刻刻与别人去比较就等于把别人当成自己生命的主宰。

🍃 夫妻之间相爱就会相碍，接受一个人的爱，就要接受一个人的阻碍。

🍃 感觉不幸福是因为我们心中存着大量有害无益的垃圾无法清理，才使自己痛苦不已。同样感觉幸福就是我们的心里像保险箱一样，只保管住最贵重有益的东西，才觉自己幸福。